デザイン／BEE-PEE

君が電話をかけていた場所

目次

僕が電話をかけていた場所

目次

君が電話をかけていた場所

三秋 縋
イラスト／loundraw

第1章　ゆびきりげんまん

一年に一回ずつ、夏は訪れる。

普通に生きていれば、僕たちは年齢《ねんれい》の数だけ夏を経験《けいけん》することになる。百回も夏を迎えられる人はそういない。日本人《にほんじん》の平均寿命から考えれば、僕たちは死ぬまでにおよそ八十回の夏を経験するということになる。

八十という数字が多いのか少ないのか、僕にはよくわからない。人生は何事もなさぬにはあまりにも長いが、何事かをなすにはあまりにも短い——これは中島敦《なかじまあつし》の言葉だ。八十回の夏は、夏を楽しめない者にとっては多過ぎるし、夏を楽しめる者にとっては少な過ぎる。きっとそんなところだろう。

僕がこれまでに過ごした夏は、まだ二十回にも満たない。そして、その中に同じ夏は一つとしてない。それぞれの夏が、それぞれに違う輝《かがや》きを持っている。どれが優《すぐ》れていてどれが劣っているということはない。雲の形に優劣《ゆうれつ》がないのと同じだ。

僕は手持ちの夏を、おはじきみたいにずらりと目の前に並べてみる。するとその中に二つ、異質な色をした夏があることに気づかされる。一九九四年の夏と、一九八八年の夏。前者は僕の人生でもっとも暑かった夏で、後者は僕の人生でもっとも寒かった夏だ。一方は空と海の青をぎゅっと押し込めたみたいに深い紺色をしていて、もう一方は琥珀《こはく》みたいに淡い夕焼けの色をしている。

＊

これから僕は、僕の人生でもっとも暑かった夏の話をしようと思う。

＊

とはいえ、物事には順番というものがある。まずはその夏に至るまでの経緯《けいい》から説明していかなければならないだろう。

季節は一九九四年の夏から少し遡って、同年の三月二十日。美渚南中学校《みなぎさみなみちゅうがっこう》の卒業式に当たる日だ。

話は、そこから始まる。

＊

冷水で顔を洗い終えると、鏡《かがみ》で怪我《けが》の具合を確認《かくにん》した。目の上に一センチほどの切り傷ができて血が滲《にじ》んでいた。それ以外に目立つ怪我はなかった。顔の右側に大きな痣《あざ》があったが、こちらは切り傷の方と違って今しがたできたものではない。生まれつき、そこにあるものだ。

最後に鏡を見たのは一ヶ月以上前だったが、痣はそのときよりも濃《こ》くなっているように感じられた。もちろん、あくまでそんな気がするというだけだ。普段《ふだん》鏡と長時間向き合うのを避けているため、たまにこうやってあらためて自分の顔を観察《かんさつ》すると、痣の存在感に圧倒されてしまう。しかし、実際は何も変わっていないのだろう。

しばらく鏡を眺め続ける。痣はぞっとするくらい青黒く、そこだけ皮膚《ひふ》が死んでいるように見える。煤《すす》を塗りたくったようでもあるし、黴《かび》が発生したようでもあるし、さらに近寄って見ると魚の鱗《うろこ》のようでもある。

不気味な痣だと、自分でも思う。

濡《ぬ》れた顔を制服の袖《そで》で拭《ぬぐ》い、棚に置いていた角筒を手に取って手洗いを出た。きついアンモニア臭の中にいたせいか、外の空気はほのかに甘く感じられた。駅前の広場には僕と同じように卒業証書の入った角筒を脇《わき》に抱えた学生が数人おり、ベンチに並んでぽつぽつと何事かを語り合っていた。

駅舎のドアを開けると、ストーブの熱《ねつ》が温かく迎えてくれた。到着時刻直前までそこで列車を待つつもりでいたが、ただでさえ狭い構内は卒業式を終えて遅くまで遊び回っていた学生で溢《あふ》れ返っており、ひどく騒《さわ》がしく居心地《いごこち》が悪かった。僕は温かさと静けさを秤《はかり》にかけ、結局、一足早くホームに出ることにした。

三月中旬《ちゅうじゅん》の夜は、まだまだ寒い。上着のボタンを締めようとして胸元に手をやると、第二ボタンがなくなっていた。後輩《こうはい》の女の子にせがまれた、という記憶《きおく》はない。大方、取っ組み合いの最中に捥《も》ぎ取られたのだろう。

喧嘩《けんか》の理由は忘れてしまった。思い出したところで、自分に呆《あき》れるだけだ。

卒業式が終わった後、友人たちと打ち上げをしていたのだが、ただでさえ血の気の多い不良連中の集まりだったというのに、そこにアルコール類を持ち込んだのがまずかった。くだらない話をしていたはずが、いつしか口論《こうろん》になり、四対三の大喧嘩に発展した。四の方は就職組《しゅうしょくぐみ》で、三の方は進学組だった。そういうものだ。

僕らにとって喧嘩は珍しいことではなかった。いやそれどころか、振り返ってみると、僕たちは季節の変わり目を迎えるたび、発情期の猫みたいに大立ち回りを演じていた気がする。そうすることで、田舎町《いなかまち》特有の閉塞感《へいそくかん》だとか未来に対する漠然とした不安だとかを吹き飛ばそうとしていたのかもしれない。

この面子《メンツ》でやる喧嘩は、これが最後になるんだろうな。殴り合いが終わった後、僕はふとそんなことを考えて、いやにしんみりとした気分になった。結局、決着らしい決着はつかず、痛み分けという形で喧嘩は終わった。別れ際、就職組の四人は進学組の三人に罵声《ばせい》を浴びせかけた。特に散々に痛めつけられた一人《ひとり》は、絶対に仕返ししてやるからなと叫んでいた。実に僕たちの関係に相応《ふさわ》しい最後だった。そんな風にして、僕の中学生活は終わりを告げた。

ようやく到着した列車に乗り込み座席に腰を下ろすと、斜《はす》向《む》かいのドアのそばに立っている二十代前半くらいの女二人《ふたり》が僕を指さしているのが視界の端に映った。背が高くて痩《や》せている方はレンズの入っていない伊達眼鏡《だてめがね》をかけていて、背が低くて太り気味の方はマスクをしていた。

二人は後ろめたい話をするとき特有のアクセントでぼそぼそと囁《ささや》き合っていた。もちろん、話題は僕の痣だろう。いつものことだ。それくらいに僕の痣は目立つのだ。

踵《かかと》で椅子《いす》を蹴《け》りつけて「何か文句でもあるのか」という目で睨《にら》みつけてやると、二人は気まずそうに目を逸《そ》らした。周囲の客が何かいいたげにこちらを見たが、文句をいってくる者はいなかった。

僕は目を閉じて情報を遮断《しゃだん》する。やれやれ、来月には高校生だというのに、僕はいつまでこういう馬鹿《ばか》みたいなふるまいを続けるつもりだ？　少し気に入らないというだけでいちいち喧嘩腰で対応するのは体力と時間と信用の浪費だ。これからは徐々に、我慢したり受け流したりする術《すべ》を学んでいかなければならない。

死に物狂いで勉強した甲斐《かい》があって、先日僕のもとに、美渚第一高校《みなぎさだいいちこうこう》からの合格通知が届いた。美渚第一高校といえば、県内有数の進学校だ。その高校で、僕はすべてをやり直すつもりだった。僕の通っていた美渚南中学校から美渚第一高校に進学する者はごくわずかだ。つまり、そこには中学時代の僕を知っている人間はほとんどいない。僕という人間を一から作り直すには、絶好の機《き》会《かい》といえるだろう。

中学での三年間、僕はこの喧嘩っ早い性格が原因で、実に多くの喧嘩や諍《いさか》いに巻き込まれてきた。そしてそれに勝とうが負けようが、必ず何かしらの形で不利益を被《こうむ》った。もうたくさんだった。高校からは、揉《も》めごととは無縁《むえん》の、慎《つつ》ましく穏《おだ》やかな学生生活を送りたかった。

美渚第一高校を志望したのは、学力偏差値の高い学校ほど揉めごとは少ないだろうと思ったからだ。学力と人間性は必ずしも比例しないが、失うものが多い人間ほどトラブルを嫌うのは確《たし》かだろう。

噂《うわさ》によると、美渚一高は高校というよりは予備校のような場所で、寝ても覚めても課《か》題《だい》や予習に追われ、部活や遊びにかまけている暇はなく、ろくな青春が送れないという。だが僕はそれで一向に構わなかった。もとより自分が人並みの青春を謳歌《おうか》できるとは思っていなかった。クラスメイトと良好な関係を築いたり、素敵な恋人を作ったりといった生活は、僕とは無縁のものなのだ。

この醜《みにく》い痣がある限り、人々が本当の意味で僕を受け入れることはないのだから。

小さく溜《た》め息《いき》をつく。

それにしても、と僕は思う。先ほど指をさしてきた女たちは運がいい。何せ、顔の下半分に自信のない人間にはマスクがある。顔の上半分に自信のない人間には眼鏡がある。だが、顔の右半分に自信のない人間には何もない。不公平な話だ。

列車が耳障りな音を立てて停《と》まった。プラットホームに降り立つと、かすかに春の夜の匂《にお》いがした。

改札前で待機していた四十代の白髪《しらが》交じりの駅員は、切符を受け取りながら僕の痣をじろじろと無遠慮《ぶえんりょ》に見つめてきた。ここ最近入った駅員らしいが、僕が改札を通るときはいつもこうなのだ。今日《きょう》こそは文句をいってやろうと思い立ち上まったが、後ろに人がつかえていることに気づき、思い直してそのまま駅を出た。

駅前の商店街は閑散としていた。辺りには人一人おらず、僕の足音だけが響《ひび》いていた。ほとんどの店はシャッターを降ろしていたが、それは夜に限った話ではない。二年前に町外れにできたショッピングセンターに根こそぎ客を奪われた商店街は、瞬《また》く間《ま》に中心街としての機能を失ってシャッター通りと化してしまっていた。スポーツ用品店、喫茶店、電器店、精肉店、写真店、呉服屋、銀行、美容室……僕は一つ一つの店の色褪《いろあ》せた看板を眺め、シャッターの向こう側を想像しながら歩いた。商店街の真ん中に設置された人魚の石像はぼろぼろに傷んでおり、物憂げに故郷の方角を見つめていた。

そうして、洋品店と和菓子屋に挟まれた煙草屋《タバコや》の前を通りかかったときのことだ。

突然、店頭の公衆電話が鳴り出した。

まるで何十年も僕を待ち受けていたかのような運命的なタイミングで、ベルは鳴った。

僕は足を止めて、暗闇《くらやみ》の中で淡い光を放つ電話機の液晶画面を眺めた。端末の収められたキャビネットは古い型のものらしく、扉も照明もついていなかった。

稀《まれ》ではあるものの、公衆電話に電話がかかってくることがあるのを僕は知っていた。小学校時代、友人が公衆電話から一一〇番に悪戯《いたずら》電話をしたとき、即座に折り返しの電話がかかってきて驚《おどろ》いた記憶がある。気になって調《しら》べてみると、どうやら公衆電話にもそれぞれの端末ごとに電話番号が設定されているらしかった。

ベルはいつまでも鳴《な》り止《や》まなかった。お前がそこにいるのはわかっているんだぞ、と主張するように強い意志を持ってしつこく鳴り続けた。

理容室の看板時計《どけい》は、九時三十八分をさしていた。

いつもの僕であれば、無視して通り過ぎたはずだ。しかし、そのベルの響き方には「この電話は他《ほか》でもない僕に向けてかけられたものなのだ」と思わせるだけの何かがあった。辺りを見回してみたが、やはりそこにいるのは僕一人だった。

おそるおそる、僕は電話に出た。

「一つ、提案があります」

何の前置きもなく、受話器の向こうの人物がそういった。

女の声だった。二十代から三十代といったところか。一音一音を大切にするような、落ちついた喋《しゃべ》り方《かた》だった。自動音声ではなく、受話器の向こうに生身の人間がいるのが息遣《いきづか》いからわかる。屋外からかけてきているのか、声の後ろでごうごうと風の音が聞こえた。

何かの偶然で公衆電話の番号を知った女が、通行人を驚かせて遊んでいるのかもしれないな、と僕は思った。電話に出た人物をどこかから観察して、突飛《とっぴ》な発言に対する反応を楽しんでいるということもあり得る。

僕は質問には答えず、向こうの出方を窺《うかが》った。

すると女は内緒話《ないしょばなし》でもするみたいな囁き声でいった。

「諦《あきら》め切れない恋が、あなたにはあるはずです。違いますか？」

やれやれ、つきあっていられるか、と僕は溜め息をついた。受話器をいささか乱暴《らんぼう》に戻すと、僕は再び歩き始めた。背後でまたベルが鳴っていたが、目もくれなかった。

＊

男子高校生が三人、道を塞《ふさ》ぐようにしゃがみ込んで缶ビールを飲んでいた。美渚町では珍しくない光景だ。海辺の長閑《のどか》な田舎町といえば聞こえはいいが、居酒屋やスナックばかりで娯楽施設の一つもないために、若者は皆死ぬほど退屈している。刺激《しげき》に飢《う》えた連中が手っ取り早く退屈を紛らそうとして手を出すのが酒と煙草なのだ。幸か不幸か、この町では未成年がそういった嗜好品《しこうひん》を購入《こうにゅう》する手段だけは豊富にあった。迂回《うかい》するのは癪《しゃく》だったので脇を通り抜けようとしたが、そのときちょうど立ち上がろうとした一人の背中に僕の足が当たった。男はそれに大袈裟《おおげさ》に反応し、僕の肩を掴《つか》んで引き止めた。今日は既に一度大きな喧嘩をしていたのでことを荒立てるつもりはなかったのだが、男が僕の痣を揶揄《やゆ》するような言葉を口にしたのが頭にきて、気づけば手が出ていた。

運の悪いことに、僕が殴った相手は格闘技《かくとうぎ》の経験者だったらしく、殴り返されると思った次の瞬間《しゅんかん》には僕は地面に伸びていた。彼らは僕を見下ろして口汚く罵声を浴びせていたようだが、意識《いしき》が朦朧《もうろう》としていたせいでプールの中みたいにぼんやりとしか聞こえなかった。

起き上がれるようになる頃《ころ》には三人とも姿を消しており、残っているのはビールの空き缶だけだった。膝《ひざ》に手をついて立ち上がろうとすると、殴られた眉間《みけん》が剣山を押し込まれているかのように痛み、僕は思わず呻《うめ》き声《ごえ》をあげた。

仰向《あおむ》けに寝転び、しばらく夜空を見上げていた。星は見えなかったが、時折雲の切れ間から月が見えた。後ろポケットを探ると予想通り財布がなくなっていたが、内ポケットの煙草は無事だった。くしゃくしゃの箱から曲がった煙草を取り出し、ライターで火をつけた。

ふと、初鹿野《はじかの》唯《ゆい》のことを思い出した。

小学四年生から六年生までの三年間を、僕は彼女と同じ教室で過ごした。あの頃、僕が今みたいに喧嘩をして傷を作るたびに、初鹿野は自分のことのように心配してくれた。僕より二十センチ近く身長が低いくせに、わざわざ背伸びして僕の頭を優《やさ》しく撫《な》で、「もう喧嘩しちゃ駄目《だめ》だよ」と諭《さと》したものだった。

それから小指を立てて、指切りを強要してくるのが初鹿野のやり方だった。僕が不承不承小指をさし出して応じると、彼女は満足気に微笑《ほほえ》んだ。約束を守ったことは一度もなく、指切りした数日後にはまた新しい傷を作るのが常だったが、それでも彼女は辛抱強《しんぼうづよ》く僕を説得しようとしてくれた。

振り返ると、当時周りにいた人間の中で、僕とまともに接してくれたのは初鹿野だけだったように思う。

綺麗《きれい》な女の子だった。僕も初鹿野も人目を引く子供だったが、その理由は正反対だった。僕が人目を引くのはその醜さのせいだったが、彼女が人目を引くのはその美しさのせいだった。

ぱっとしない子供が多い僻地《へきち》の小学校において、完璧《かんぺき》な容姿と能力を持ち合わせている初鹿野唯という少女は、ある意味で残酷な存在だった。多くの女の子は集合写真を撮《と》るとき初鹿野の隣《となり》に並ぶのを避けていたし、多くの男の子は初鹿野に対して一方的な恋心を抱き、自己完結的な失恋をした。

初鹿野は、ただそこにいるだけで人々に色々なものを諦めさせた。彼女と同じ教室で過ごした子供たちは、世の中にはどう足掻《あが》いても覆《くつがえ》せない絶対的な差があるのだということを身をもって知ることになった。たいていの人間が中学生になって本格的に勉強や部活や恋愛に打ち込むにつれて徐々に気づいていく理不尽の存在を、彼女はただそこにいるだけで一瞬で皆に気づかせてしまった。それは小学生が知るには早過ぎる無情な真実だった——もっとも、僕は痣のおかげで一足早くそれに気づいていたが。

それほど圧倒的な存在である初鹿野が僕のような男と親しくしていることを、周りの人々は不思議《ふしぎ》がっていた。誰《だれ》がどう見たって、初鹿野と僕は対極の存在だった。しかし当事者からいわせてもらえば、僕にせよ初鹿野にせよ、理由は正反対でも、人間扱いされていないという点では同じだったのだ。その疎外感こそが僕たちを結びつける糸だった。

二人で過ごしているとき、何を話していたのかはさっぱり覚えていない。くだらない話ばかりしていた気がする。いや、話などせずに二人でぼうっとする時間が大半だったかもしれない。初鹿野と二人でいるときの沈黙《ちんもく》は不思議と気まずさがなく、こっそりと親密さを確かめ合っているような感じがして心地がよかった。彼女が黙って遠くを眺めているときなど、僕は彼女の横顔をいつまでも見つめていたものだった。

一つだけ、はっきりと覚えている会話がある。

「深町《ふかまち》くんのその痣、私は素敵《すてき》だと思う」

痣について何か自嘲《じちょうてき》的なことをいった僕に、初鹿野が返した言葉だった。そう――確か、何気なく僕の口から漏れた、「よく僕なんかと一緒《いっしょ》にいられるよな」に対しての言葉だったと思う。

「素敵？」と僕は訊《き》き返した。「皮肉にしか聞こえないな。よく見てみろよ。びっくりするくらい不気味だから」

初鹿野は顔を近づけてきて、至近距離《きょり》から僕の痣をじっと観察した。

馬鹿みたいに真剣な顔で、何十秒もそうしていた。

そして不意に、僕の痣にそっと唇をつけた。

ほんの少しのためらいもなかった。

「びっくりしたでしょう？」

彼女はいたずらっぽい笑《え》みを浮かべていった。

その通りだった。死ぬほど驚いた。

どう反応したらいいものか、さっぱりわからなかった。初鹿野の方もすぐに何事もなかったかのように話題を移したため、彼女の行動の意味について知る機会は与えられなかった。あるいは意味なんてなかったのかもしれない。いずれにせよ、この事件が原因で二人の関係が変化するということはなく、その後も僕たちは変わらずよき友人であり続けた。

別に、僕という人間が彼女に好かれていたというわけではないと思う。単に、あの頃の初鹿野は、善意や好意といった感情を持て余していたというだけだ。安易にそれらを誰かにわけ与えると相手が必要以上に舞《ま》い上がってしまったり大袈裟に感謝《かんしゃ》してきたりするので、なるべく打っても響かなさそうな相手を選んでその手の感情を発散させていたのだろう。

初鹿野は知らない。彼女の一挙一動に、僕がどれだけ心を揺さぶられていたかを。

小学校を卒業すると、僕は多くの同級生と同じように美渚町内の公立中学に進学した。美渚南中学校。廊下をオートバイが走り、教師がベランダから突き落とされ、体《たい》育館中《いくかんじゅう》がスプレーで落書きされるような学校だった。まともな神経をしていたら二週間で気が狂うだろう。僕はまともな神経をしていなかったから平気だった。

　初鹿野は遠くの私立の女子中学校に進学した。参葉《みつば》中学校――いわゆるお嬢様学校だ。そこで彼女がどのような日々を過ごしたのかはわからない。噂話も聞かなかったし、知りたいとも思わなかった。帰するところ、僕と彼女とは別世界の住人なのだから。

　以後、初鹿野とは一度も会っていない。

　なるほど、と僕は得心《とくしん》する。

　仮に、公衆電話の女のいう通り、僕に諦め切れない恋があるのだとしたら。

　それはきっと、初鹿野のことなのだろう。

＊

　煙草を吸い終えた僕は、感傷的な回想を打ち切って立ち上がった。体中がぎしぎしと軋《きし》んだ。喉《のど》にかすかな痛みがあった。ひょっとしたら風邪《かぜ》をひいてしまったかもしれない。

ひどい一日だった、と僕は思った。

だが、僕の不運な一日はまだ終わっていなかった。

再び家に向けて歩き出し、解体工事中の——もっともそのときは夜間ということで作業員は一人もいなかった——ユースホステルのそばを歩いていたとき、事故は起きた。

建物には高さ二メートル近くのフラットパネルによる仮囲いが施してあった。その内側から、ぱらぱらと不吉な予兆めいた音がした。不審《ふしん》に思いつつもそのまま歩き続けていると、仮囲いの中で何かが崩れ落ちるような轟音《ごうおん》が起き、直後、フラットパネルの一枚が僕に向かって勢いよく倒れてきた。

ついていない日は、とことんついていないものだ。

どうして全身を押《お》し潰《つぶ》されずに済んだのか、誰が一一九番に電話してくれたのか、救急車がくるまでどうしていたのか、その辺りはまったく記憶にない。とにかく目を覚ますとそこは病室で、両足がギプスで固定されていた。ややあって、叫び出したくなるような痛みが全身を襲《おそ》った。視界が再び暗くなりかけ、冷汗がだらだらと流れた。

窓の外で、朝の鳥が爽《さわ》やかな声でさえずっていた。

そのようにして、僕は高校入学を前にして全治十四週間の大怪我を負った。両足共に複雑骨折だったらしい。目覚めて間もなく手術台に運ばれ、脚にボルトとプレートを入れられた。後にレントゲン写真を見せられたが、教科書に載せてもいいくらい見事な骨折だった。命に別状はなく、後遺症《こういしょう》の心配もないそうだったが、この事故によって僕の高校生活のスタートはかなり遅れることとなった。

まあいい、と僕は思った。僕が怪我で入院するのは珍しいことではない。登校できるのは早くても六月末からで、それまでにはクラスの人間関係はほぼ固定化してしまうだろうが、もともと高校生活できちんとした友人を作る気はなかったから大した問題ではない。それに、考えようによっては、教室より病室の方が勉強に集中できるかもしれない。

実際、その三ヶ月、僕はおそろしく真面目《まじめ》に勉学に励んだ。ウォークマンで好きな音楽を聴《き》きながら繰《く》り返し教科書を読み、それに疲れると潔《いさぎよ》く眠る、という生活を愚直に続けた。病室はミニマルアートの展示場みたいに真っ白で、窓の外にも取り立てて見るべき価値のあるものはなく、それらと比べれば数式や英文《えいぶん》の方がまだ刺激的だったのだ。

何事も自分のペースで進めるのが好きな僕にとって、そこは見方によっては理想的な環境《かんきょう》だった。学校で眠気を堪《こら》えながら必死に黒板の文字や数式を写すよりは、こちらの方がよほど効率的に思えた。

五月の末、同室に左腕を骨折した六十代半ばの羽柴《はしば》さんという男が加わった。彼は黙々と勉学に取り組む僕を気に入ったらしく、顔を合わせるたびに「わからないことがあったらなんでも訊いてくれよ」といって顔をくしゃくしゃにして笑った。英文法に関しては不安なところも多かったので幾度か質問にいったが、羽柴さんはそこら辺の塾講師《じゆくこうし》とは比べものにならないほどわかりやすい説明をしてくれた。話を聞くと、もともと教師をしていた人らしい。ベッドの脇には分厚い洋書が何冊も積《つ》んであった。

ある雨の午後、羽柴さんは何気なく僕に訊いた。

「君にとって、その痣はどのようなものなんだ？」

そういう角度からの質問は初めてだったので、答えを思いつくまでにかなりの時間を要した。

「諸悪《しよあく》の根源ですね」と僕はいった。「この痣がなくなりさえすれば、僕が今抱えている問題の八割は解決したことになると思います。他人に偏見を持たれたり気味悪がられたりするのもそうですが、何よりの問題は、この痣のせいで僕自身が僕を好きになれないということです。人間、好きでもない相手のためにがんばることはできません。自分が好きになれないということは、自分のためにがんばれないということに繋《つな》がります」

「ふむ」と羽柴さんは相槌《あいづち》を打った。

「その一方で、僕はすべての責任をこの痣に押しつけることで、見たくないものを見ずに済んでいるという風にも感じます。僕は努力次第で解決できる問題の多くを痣のせいにしてごまかしてしまっているのかもしれません。……いずれにせよ、僕にとって痣が悪影響《あくえいきょう》をもたらす存在であることは間違いありません」

羽柴さんはゆっくり頷《うなず》いた。「なるほど。他には？」

「それだけです。いいことなんてありません。僕は劣等感が人を成長させるとは思っていません。たいていはその人の歪《ゆが》みの起点となるだけです。劣等感をバネにして成功する人間もいますが、そういう人は皆、成功を収めた後も劣等感に悩まされ続けています」

「君のいうことはもっともだ」と羽柴さんはいった。「しかし、君を見ているとこう思わずにはいられないんだ。ある深刻な欠点が、その持ち主を思慮深い人間に育ててくれるというのも確かだとね。もっとも、欠点から目を逸らさなかった者に限った話ではあるが」

「思慮深いではなく、僻《ひが》みっぽいの間違いでは？」

「それも、間違いではない」

羽柴さんは顔をくしゃくしゃにして笑った。

退院際、彼は僕に一冊の本をくれた。チャールズ・ブコウスキーの『ハム・オン・ライ』の原書だ。以後、僕は辞書を片手にその本を毎日五ページずつ読むようになった。

結局、僕の高校生活が始まるのは七月上旬となった。生徒は皆期末試験を終えて重圧から解放され、徐々に近づいてくる夏休みの気配《けはい》に心を躍《おど》らせる時期だ。

高校生として過ごす夏。それを人生で最良の時間と呼ぶ人も少なくない。しかし、夏の放つ輝きは春からの積み重ねがあってこそのものだ。消毒液の香りと白い壁《かべ》の世界から突然夏の真只中《まつただなか》に放《ほう》り出された僕は、赤の他人の誕生会《たんじようかい》に紛れ込んでしまった人みたいに場違いな気持ちでいた。

僕はこの世界についていけるのだろうか？

退院した日曜日《にちようび》の夜、僕は町外れの海岸を訪れた。午後十時頃に布団に潜《もぐ》り込んだが妙に目が冴《さ》えてしまい、杖《つえ》を摑んで勝手口から家を抜け出してきたのだ。翌朝から始まる高校生活に、僕も人並みに緊張《きんちよう》しているようだった。

途中で商店に寄り、自動販売機で煙草を買った。海に着くと防潮堤《ぼうちょうてい》に座り、三日月がほのかに照らす海面を一時間ほど眺めていた。久しぶりの海だったが、大した発見はなかった。潮《しお》の香りがいつもより強く感じられたという程度だ。

帰り道、静まり返った住宅街を歩いていると、遠くからかすかに電話のベルが聞こえた。

初め、ベルはどこかの家で鳴っているものだと思った。

しかし、歩を進めるにつれて音は大きくなってくる。

バス停脇の電話ボックスの前で、僕は足を止めた。

ベルの音はそこから聞こえていた。

以前にも、似たようなことがあった。

あのときは、誰かのいたずらだろうと気にも留《と》めなかった。

しかし電話を受け取った日から一日また一日とときが過ぎるにつれ、あの女が口にした言葉は次第に僕の中で重みを増していた。

諦、め、切、れ、な、い、恋、が、あ、な、た、に、は、あ、る、は、ず、で、す。

あれは本当にただのいたずら電話だったのだろうか？

そうでなかったとしたら、あの女は僕に何をいおうとしていたのか？

――思えば、あれからずっと、僕は彼女からの電話を待ち続けていた気がする。

受話器を取ると、聞き覚えのある女の声がした。

「いたずらではないと、わかってくれたようですね」

僕は三ヶ月前の問いに答えを返した。「認めるよ。諦め切れない恋が、僕にはある」

「ええ、そうです」女が満足げにいった。「初鹿野唯さん。彼女のことを、あなたはまだ諦め切れずにいます」

女が初鹿野の名前を口にしても、僕はさして驚かなかった。僕の居場所を特定して公衆電話を鳴らせるくらいなのだ。僕の初恋の相手を知っていてもそれほど不思議ではない。

「それで、あのときいっていた『提案』というのは？」と僕は訊いた。

「ほう」女は感心した様子《ようす》だった。「三ヶ月も前の話を、よく覚えていましたね」

「たまたまさ」

「まあ、そういうことにしておきましょう。さて、前回しそびれた提案ですが……私と、賭《か》けをしませんか？」

「賭け？」と僕は訊き返した。

「深町さん」女はごく自然に僕の名を呼んだ。「十歳の夏、あなたは初鹿野さんに恋をしました。あらゆる偏見に慣れ切った深町さんにとって、痣を気にせず対等に接してくれる初鹿野さんは、女神のような存在でした。彼女を自分のものにしたいと思ったことは、一度や二度ではなかったはずです」

そこで女は一旦《いったん》言葉を区切った。

「……しかし、当時の深町さんにとって、初鹿野さんはあまりに遠い存在でした。『自分には、彼女に恋をする資格はない』。そう考えることで、あなたは初鹿野さんへの想《おも》いを抑えつけていたのです」

否定はしなかった。「それで？」と続きを促す。

「『自分には彼女に恋をする資格はない』。ですが、あなたは同時にこうも考えていました。『この痣さえなければ、僕と初鹿野の関係は、もう少し違ったものになっていたかもしれない』と」

「ああ、思ったよ」と僕は正直に認めた。やはり痣のことまでお見通しのようだ。「でも、誰だってそうさ。もう少し背が高ければ、もう少し目が大きければ、もう少し歯並びがよければ。考えない方がおかしい」

「では、実際に痣を消してみましょう」と女が遮《さえぎ》るようにいった。「その結果、初鹿野さんの心を射止めることができれば、賭けはあなたの勝ちです。痣はあなたの顔から永久に姿を消します。逆に、初鹿野さんの気持ちに変化が起きなければ、賭けは私の勝ちです」

僕は眉間を押さえて瞼《まぶた》を閉じた。

この女は何をいっているのだろう？

「この痣は消えないよ」と僕は苛《いら》立《だ》たしげにいった。「これまでにも色々な治《ち》療《りょう》を受けた。でも、どれもまったく効果がなかった。特殊な痣なんだ。だから、賭けは成立しない。そもそも、初鹿野とは小学校を卒業して離《はな》ればなれになって以来、もう三年も会っていないんだ。今どんな風に生きているかも知らない」

「では、痣が消えて、初鹿野さんと偶然再会できたそのときは、賭けに応じるということでよろしいですね？」

「ああ。そんな奇跡が起きれば、の話だが」

女は鼻で笑った。「さて、期限は……そうですね。五十日、あなたに与えましょう。あと数時間で日付が変わり七月十三日になりますから、そこを賭けの始まりとすると、八月三十一日が期限ですね。それまでに、初鹿野さんと両想いになってください」

唐突に通話が途切《とぎ》れた。僕は公衆電話の前でしばし立ち尽くした。

ひょっとしたらと思い、街路灯の下に停められていた自動車のサイドミラーを覗《のぞ》き込んでみたが、痣は依然として僕の顔に残っていた。薄《うす》まった気配も、縮《ちぢ》まった気配もない。

やはりただのいたずらだったのだ。僕の事情を熟知《じゅくち》している誰かが、異様な情熱と病的に凝《こ》った手法で僕の気持ちを弄《もてあそ》ぼうとしただけだったのだろう。にわかには信じがたいが、それ以外に解釈のしようがない。僕を恨《うら》んでいそうな人間などいくらでもいるし、退屈という言葉では表せないほど刺激に欠けたこの町では、束《つか》の間《ま》の興奮《こうふん》のために常軌を逸した行動に出る若者が少なくない。皆、とにかくすることがないのだ。僕を嘲笑《あざわら》うためだけに町中の公衆電話の番号を調べ出す者がいても、それほどおかしくはない。

溜め息をついて、膝に手をつく。入院中に体力が落ちたためか、疲れがどっと襲ってきた。

少なからず落胆している自分に驚いた。わざわざ鏡を覗き込んで確認をしてしまったことに、今さら自己嫌悪の感情が湧《わ》いてきた。

まだ、諦め切れずにいるのか。

帰宅すると、熱《あつ》いシャワーを浴びてから布団に潜り込んだ。枕元《まくらもと》の時計は午前の三時を指していた。この分だと、登校初日から居眠りする羽目になりそうだ。

瞼を閉じて、一秒でも早く意識が途切れるのを待つ。こういうときに限って秒針の音はメトロノームみたいに強く自己主張し、僕の呼吸は段々とそれに同期するように加速し始める。手を伸ばして時計の角度を変えてみたが効果はない。窓を開け放しているにもかかわらず部屋《へや》は異様な蒸し暑さで、喉が渇いてくる。

ようやく眠りについたのは、空が白《しら》み始め、早朝の鳥やひぐらしが鳴き始めた頃だった。

ほんの数十分の睡眠。けれどもそのわずかな意識の空白を通じて、僕の人生に重大な変化が生じる。

奇跡は、人の目を盗んで起きるものだ。

第2章　うたかたの夏

　鏡は必ずしも真実を映すとは限らない。人がその顔を鏡に映すとき、光情報は鏡を反射して角膜で一度屈折し瞳孔《どうこう》を通過した後水晶体で再び屈折して網膜《もうまく》へ投射され神経信号に変換された上で脳《のう》の視覚中枢《ちゅうすう》に伝達されるが、それは意識に上る直前に自己愛という強力なフィルターによって歪められる。

　厳密《げんみつ》にいえば、自身の姿を客観的に見たことのある人間など存在しない。人の目は見たい部分だけを見て、それを元に都合よく全体を再構築している。鏡と向き合う際は無意識に自分がもっとも美しく映るような角度や表情を維持し、さらに自分の顔の中で一番自信のあるパーツに注意を注いでいる。「私は写真映りが悪いから」といってカメラを嫌う者の過半数は、鏡と共謀《きょうぼう》して作り上げたベストショットを自己像としているためにありのままの姿を受け入れられないというだけだ。少なくとも僕はそう考えている。

　たいていの人は、ある程度分別がつく年になるまでフィルターの存在に気づかない。不幸な人間は――ある意味ではものすごく幸運な人間は――一生それを知らずに終わる。幼い頃は誰もがお姫様で、誰もが王子様だ。まさか自分がシンデレラではなくその姉たち側の存在だとは夢にも思わない。しかし年を重ねるにつれ、自己認識と他者評価の間に乖離《かいり》を感じるようになり、人は徐々に自己像を修正していかざるを得なくなる。私はお姫様ではない。僕は王子様ではない。

僕がそれに気づいたのは小学四年生の初夏、九月の学芸会で行う演劇《えんげき》の題目を決めるための話し合いをしていたときだった。それまで僕は、自分の痣を大きなほくろくらいにしか考えていなかった。クラスメイトにそれをからかわれても、眼鏡の子や肥満の子がからかわれるのと同じようなものだと思い、特に深刻には捉《とら》えていなかった。容姿に因《ちな》んだ綽名《あだな》をつけられてもそれほど悪い気はせず、むしろ気のおけない仲の証明として喜んでいた。

ある男の子の発言が、きっかけとなった。

「『オペラ座《ざ》の怪人《かいじん》』はどう？」

彼は手を挙げて発言し、それから僕を指さした。

「ほら、陽介《ようすけ》ならあの怪人にぴったりだよ」

数日前の音楽の授業で、僕らはミュージカル『オペラ座の怪人』のビデオを三十分だけ観《み》ていた。怪人は醜い顔を隠すために顔の右半分を覆《おお》うマスクをしており、おそらく彼はそれを見て僕の痣を連想したのだろう。

軽い、冗談《じょうだん》のつもりだったはずだ。実際数人がくすくすと忍び笑いしたし、僕自身も「なるほどな」と感心した。

ところが温厚な人物として通っている三十代後半の担任教諭《きょうゆ》は、彼の冗談を聞いて激怒した。勢いよく机を叩《たた》き、「いってよいことと悪いことがあるのがわからないのか」と震《ふる》える声でいい、冗談を口にした生徒の襟首《えりくび》を摑んで教壇《きょうだん》の前に立たせて大声で説教をした。給食時間を告げるチャイムが鳴るまでそれは続いた。叱《しか》られた彼は目を真《ま》っ赤《か》にして泣いていたし、教室の雰囲気はひどく重苦しかった。楽しくなるはずの学芸会の準備時間は、僕のせいで台なしになってしまったみたいだった。

食器の音だけがかちゃかちゃと鳴り響く教室で、僕は悟った。ああ、僕のこの痣は、笑って済まされるような種類のものではないんだ。大人《おとな》が本気で同情するほど致命的なハンディキャップなんだ。僕は肥満や眼鏡やそばかすといった愛嬌《あいきょう》に転じ得る短所とは次元が異なる欠陥を抱えた、気の毒な人間なんだ。

その日から、僕は異様に人目を気にするようになった。意識してみると、想像以上に多くの人が僕の痣に注意を向けていた。それは考え過ぎかもしれないし、あるいは担任教諭の正義感溢れる発言がきっかけで、クラスメイトの多くが僕の痣に対する認識を悪い方向にあらためてしまったのかもしれない。いずれにせよ、僕は自分の顔を覆う痣が嫌《いや》で堪らなくなった。

　図書館で痣を消す方法について調べてみたが、僕の痣は太田母斑《おおたぼはん》や異所性蒙古斑《いしょせいもうこはん》といった一般的な先天性の痣とは別の原因によって生じているようで、治療方法はないに等しいようだった。自然に治る例もあるらしいのだが、そうした奇跡はいずれも僕よりずっと薄い痣にのみ起きていた。

　小さい頃に僕は母に連れられて様々な病院に通ったが、いずれも徒労に終わっていた。以後数年間、僕の痣が家族の間で話題になることはなかったのだが、十歳の初夏になって突然自身の痣について熱心に調べ始めた僕を見て、母は再び僕を様々な病院へ連れていってくれるようになった。どこの病院にいっても似たようなオルゴール音楽が流れていたのを、よく覚えている。待合室にいる人間は皆一目でそれとわかる皮膚の問題を抱えており、それぞれ自分より重い症状の患者を見つけては、それをささやかな慰《なぐさ》めとしているようだった。

　皮膚科に通ううちに、僕は自分よりもずっと深刻な皮膚の問題に悩まされている人もいることを知るようになった。だが、その事実も僕の慰めとなりはしなかった。むしろ、世の中には理不尽な病気が数多く存在すると知ってうんざりしてしまった。僕の現状は、確かに最悪ではない。しかし、これからそうならないとは限らないのだ。

視線恐怖《しせんきょうふ》が悪化するにつれ挙動不審になっていく僕を周りは一層異端視するようになり、それによってさらに他人の視線が怖くなる——という負の連鎖《れんさ》が続き、そのうち僕は学校にいってもほとんど誰とも口をきかなくなった。どうせ皆内心では僕のことを気味悪がっているのだという被害妄想にとり憑《つ》かれ、どんな親しげな微笑みも信じられなくなった。

ある晩、僕は原因不明の寒気で目を覚ました。風邪をひいた様子もないし、気温も二十度以上あったのに、耐え切れないほどの悪寒が体を襲った。僕は慌てて押入れから羽毛布団を取り出し、毛布の上に重ねて再びそこに潜り込んだ。

寒気は翌朝になっても抜けなかった。あまりの寒さに小学校を休み、次の日はやむを得ず真冬用のコートを着て登校した。母は自律神経失調症《じりつしんけいしっちょうしょう》を疑って僕を色々な病院に連れていったが、しばらく学校を休んでみる以上の解決策は提示されなかった。幸い、寒気以外に目立つ症状はなく、温かい格好をしてさえいれば生活に支障はなかったのだ。

そんな風にして、一足早い夏休みが訪れた。

凍《い》てつくような夏だった。蟬時雨《せみしぐれ》の降り注ぐ中、僕は分厚い布団に包《くる》まり温かいお茶を飲んで過ごした。夜になると大量の湯を沸かし、湯たんぽを抱いて震えながら眠った。両親が仕事に出かけるとこっそり庭に出て外の空気を吸ったが、炎天下でどてらを二枚重ねで着ている僕の姿を見た近隣の住人は何事かと思っただろう。

自律神経失調の原因であるストレスが痣に起因していることを母は理解していたから、学校生活についてあれこれ訊《たず》ねられることはなかった。

「まあ、じっくり休みなさい」とだけ彼女はいった。「早く治そうなんて考えなくていいわ。むしろ、その寒さと上手《うま》くやっていく方法を考えるくらいでいいのよ」

もしこの症状が冬まで続いたら、僕はどうなっていただろう？　三十度を超える暑さでさえ極寒《ごっかん》に感じられたのだ。気温が氷点を下回った日には凍死してしまっていたかもしれない。もしくは逆に熱が出て雪の中を裸で走り回っていたかもしれない。

しかしその答えを知る機会は訪れなかった。学校を休み始めてから二十日ほどして、僕の寒気は嘘《うそ》のように引いた。

すべては初鹿野のおかげだった、とだけいっておこう。

＊

高校生活最初の一日は、快晴で始まった。

真っ白な夏服に袖を通し、下ろし立てのローファーを突っかけてドアを開けると、アスファルトが溜め込んだ熱気が僕を包んだ。近所の老人が玄関先で打ち水をしていたらしく、真っ黒に濡れた路面がきらめいている。電柱や木々は地面にくっきりとした影《かげ》を落とし、空き地に生《は》えている背の高い蕗《ふき》は青臭い匂いを辺りに漂わせていた。

五感が受け取る情報が多過ぎて、軽く眩暈《めまい》がした。今年《ことし》で十六歳になるというのに、夏の始まりだけはいまだに新鮮《しんせん》だ。今後も慣れることはないと思う。

夏という季節は過剰な生をもたらす。太陽は桁外《けたはず》れのエネルギーを発し、雨雲は惜しみなく生命の源を地上に散蒔《ばらま》き、草木は化け物みたいに生長し、虫は狂ったように鳴《な》き喚《わめ》き、人間は熱に浮かされて踊り出す。けれどもそうした過剰な生は、同時に過剰な死をも連想させる。怪談が夏の風物詩となっているのは、ただそれが暑さを忘れさせてくれるからというだけではあるまい。多分《たぶん》、僕たちは暗に理解しているのだ。炎が大きければ大きいほど、燃《も》え尽きるのも早くなるのだということを。過剰な生はエネルギーの前借りによってもたらされているのであり、後で必ずつけを払う羽目になるのだということを。

いずれにせよそれらの過剰な生や死は、再び次の夏がくるまで記憶しておくには大き過ぎて、知らず知らずのうちに記憶の中で矮小化《わいしょうか》されてしまう。だから毎年驚かされるのだ。夏というのはここまで強烈な季節だったのか、と。

見積《みつ》もりを誤っていたらしく、余裕を持って家を出たはずが、駅についたのは列車の到着直前だった。駅舎の客は既に全員ホームに出ており、列車がブレーキをかける音がした。

定期券を駅員に見せて改札を潜《くぐ》ると、背後から「いってらっしゃい」と明るく声をかけられた。振り向いて、声の主がいつも痣を凝視《ぎょうし》してくる例の駅員だということに気づいた。

妙な引っかかりを覚えつつ、列車に乗り込んだ。車内は汗と煙草の混じり合った臭いが充満しており、朝からげんなりとした気分にさせられた。

空席を探して辺りを見回していると、斜向かいの壁に寄りかかっている他校の制服を着た二人組みの女子高生の片割れが僕を指さしているのが目に入った。どうせこの痣を笑っているのだろうと嘆息しつつ正面から一睨みすると、相手は何を勘違いしたのか、ぎこちなく目を逸らして口元に照れくさそうな笑みを浮かべた。

そういう反応をされるのは滅多《めった》にないことで、僕は調子を狂わされた。駅員の挨拶《あいさつ》の件といい、僕が入院している間に、世界が少しだけ優しくなったとでもいうのだろうか？　そんなはずはない、と僕は頭を振った。皆、本格的な夏の到来に気持ちが浮《うわ》ついているのかもしれない。

三駅先で降り、同じ制服を着た人々に混ざって、高校までの三十分ほどの道のりを歩いた。近くに小学校があるらしく、大勢の小学生たちと擦れ違ったが、そのおよそ三分の一が僕の顔を見ると元気よく挨拶をしてきた。僕はたじろぎつつも彼らに挨拶を返した。

駅を出てしばらく直進し、踏切を渡った先の入り組んだ住宅街の中に、僕の通う美渚第一高校はある。建物自体はすぐに見つけられるのだが、校門は裏口と見紛《みまが》うほど小さく、初めてそこを訪れた人は正門を探して敷地《しきち》の周りを錆《さ》びたフェンス沿いに何周もする羽目になる。

全体的に薄汚い色をした四階建ての校舎には、ぱっとしない部活のぱっとしない成《せい》績《せき》が記された垂れ幕が三本かかっている。雨の当たらない軒裏は取り返しがつかないほど汚れており、真下から見上げたときのみすぼらしさは想像を絶する。まだ二度しか訪れたことはなかったが、華やかさとは程遠い高校であるのは間違いなかった。

駅と学校のちょうど中間辺りを歩いていると、視界の隅で奇妙な動きがあった。立ち止まって振り返ると、背の低い道路反射鏡《はんしゃきょう》に映った自分自身と目が合った。動いたように見えたのは鏡の中の僕だったらしい。

再び歩き出そうとした僕を、しかし、何かが引き止めた。

強烈な違和感。

僕は足を止めて全身に注意を向けた。服装を確認する。制服は正しく着こなしている。シャツのボタンを一つずつかけ違えているということもない。ズボンが裏返っているわけでもないし、ベルトもしっかり締《し》まっている。

それでも再び振り返り、鏡を覗き込んだ。

やはり、何かがおかしい。

動きを止めて、違和感の正体を探る。

いうまでもなく、その発信源となっているのは鏡に映る自分自身の姿だ。

手が汚れるのも厭《いと》わず、埃だらけの鏡面をごしごしと擦《こす》ってから、もう一度鏡中の自分と対峙《たいじ》する。

そして理解する。

そこに映っている人物は、僕とよく似ている。しかし、僕ではない。

僕という人間を成すにあたり、決定的な要素が一つ欠けているのだ。

見慣れないその姿に、けれども心のどこかで、僕は懐《なつ》かしさを覚えている。

それは、「こうだったらいいのに」と何度も何度も繰り返し思い描いた、理想の自分自身の姿だったから。


顔にあった巨大な痣が、洗い流されてしまったみたいに跡形もなく消えていた。


すべての音や風景が、一瞬にして遠ざかる。

鏡の前で、呆然《ぼうぜん》と立ち尽くす。

僕は深い混乱に陥る。

背後から男がぶつかってきて、危うく転倒しそうになった。謝罪の言葉が聞こえたが、こちらはそれどころではなかった。構わず鏡を見続ける僕を見て、男は怪訝《けげん》そうな顔をして去っていった。

おそるおそる、様々な角度から痣のあった部分を観察してみる。それが光の具合や鏡の曇《くも》りによる錯覚《さっかく》ではないことを確認する。

今いるここが夢か現実かを判別する百発百中の方法は存在するのだろうか、と僕は考える。願《ねが》いが現実となる夢は、決して珍しくない。多くの夢は、人の不安や願望《がんぼう》が綯《な》い交《ま》ぜとなった潜在《せんざい》意識を下地にしている。劣等感が克服される夢はその典型例だろう。糠喜《ぬかよろこ》びする前に、まずは今日にしている光景が現実のものであることをはっきりさせなければならない。

試しに十秒間、瞼を閉じてみた。僕に限った話かもしれないが、夢の中で目をつむったり耳を塞いだりして情報を遮断すると、夢は連想の勢いを失って中途で終わる場合が多い。嫌な夢を見て、かつそれが夢だと自覚しているとき、僕はいつもこの方法を用いる。

しかし十秒、二十秒、三十秒と経過しても変化はない。意識はいたって明晰《めいせき》なままだ。

目を開けて、もう一度鏡を見つめる。そこに映っているのはやはり痣のない自分の姿だ。

これは夢ではない。ひとまず、そう考えるしかあるまい。

それでは、あらためて自問しよう。

何が起きている？

懸命《けんめい》に思考を巡らせる。それでも仮説らしい仮説すら出てこないのは、決して寝不足のせいばかりではない。僕は心のどこかでそれを知っている――つまり、思考の前提に重大な変更を加えない限り、いくら悩んでも答えは出ないのだと。とある馬鹿げた話を僕が信じない限り、どれだけ考え抜いたところで堂々巡りに終わるのだと。

しかし、僕はまだそれを認められずにいた。本人の口からそれを聞くまでは、結論を出すわけにはいかない。

公衆電話のある場所にいきたかった。だが学校周辺の地理に不案内な僕にはどうすればそれが見つかるのかわからなかった。とはいえ、校内には公衆電話の一つくらいあるだろう。素直に学校へ向かうのが一番なのかもしれない。どのみち、いつまでも往来の真ん中で立ち止まっているわけにはいかない。既に周りに人影はなく、そろそろここを離れなければ始業時刻に間に合わなくなる。

名残惜《なごりお》しかったが、僕は道路反射鏡から視線を外し、家々の間に覗く校舎を目指して歩き出した。


登校初日だというのに、もはや学校のことはどうでもよくなっていた。インスタントコーヒーの匂いが充満した職員室で担任教諭の話を聞いているときも、僕はどこか上《うわ》の空《そら》だった。そういうときに限って、相手は必要以上に熱心な口調で様々な助言をしてくるのだった。この時期からクラスに加わるのは大変だろうが皆気のいいやつばかりだから誠実にしてさえいれば必ず上手くいく、とにかく夏休みが始まる前にある程度クラスに馴染《なじ》んでおかないとこの先大変だからがんばれ、などなど。

担任教諭は三十代半ばの実直そうな男で、髪が整髪料《せいはつりょう》で油光りしていた。笠井《かさい》というのが彼の名前だった。話が始まってから五分ほどして、がっしりとした体格の教師が近づいてきて彼の耳元でぼそぼそと何かを告げた。笠井は興《きょう》を削《そ》がれた表情で、しばらくここで待っていてくれと僕にいいつけて職員室を出ていった。

笠井がいなくなると、僕は断りもなく職員室を出て職員用の手洗いに入った。痣が消えたままであるかどうか確かめるためだ。ふと目を離した隙《すき》に元に戻ってしまうのではないかと気が気ではなかった。簡単《かんたん》に消えてしまうものほど、簡単に復活してしまうものだから。

もちろん、それは僕の杞憂《きゆう》に過ぎなかった。痣はやはり消えたままだった。僕は倒れ込むようにして壁に背を預け、そのまま鏡を見つめ続けた。

自分の顔をまじまじと直視するのは数年ぶりだった。

そんなに悪くない顔じゃないか、と他人事《ひとごと》のように思った。

そして、その場から一歩も動けなくなってしまった。一秒でも長くこの状態を目に焼きつけておかねばならない、という強迫観念が生じたのだと思う。目を逸らしたら、またあの痣が戻ってくるのではないか？　こうして鏡を見続けて「痣のない自分」に慣れておかないと、脳が既存の自己認識と一致しない体の方を修正しようとして再び痣を作り直してしまうのではないか？　そんな不安が頭を離れなくなった。

笠井が手洗いのドアを開けて僕の名前を呼ぶまで、ほんの数分だったかもしれないし、二十分以上あったかもしれない。「おい、深町」という声が聞こえて、僕はようやく我に帰った。「こんなところにいたのか。登校初日で緊張するのはわかるが、急にいなくなられたりすると困る」

緊張するどころかこれから会う人々のことなど心底どうでもよくなっていたのだが、それをわざわざ説明しようとは思わなかった。勝手に姿を眩《くら》ましたのを謝罪すると、笠井は「難《むずか》しく考えるなよ、どうにかなるさ」といって激励するように僕の肩を叩いた。

教壇に立たされた僕が、自己紹介でどのような話をしたのかは覚えていない。どこかで聞いたような言葉を並べてその場を凌《しの》いだように思う。消えた痣のことで頭が一杯でそれどころではなかったのだ。担任の笠井が渋い顔をしていたのを見る限り、よほど素っ気ない自己紹介だったのだろう。教室の生徒たちも少しざわついていた気がする。

第一印象は最悪だった。とはいえ、もともとこの教室に馴染めるとは思っていなかったので、それが原因で嫌われようと一向に構わなかった。

痣が消えたというのは僕の幻覚ではなさそうだ。たいてい、僕の痣を初めて見た人間は、それを数秒間凝視するかもしくは目を逸らして二度と視線が合わないようにするのだが、今回そのような反応を見せた生徒は一人もいなかった。単なる愛想の悪い男くらいに思われただけだろう。

簡単な自己紹介が終わり儀礼的《ぎれいてき》な拍手が起きた後で、笠井は最後部の空席を指さしてそこに座るよう僕にいった。机の並びは窓際の縦《たて》二列だけが七人で、残りの五列は六人ずつで構成されていた。僕の席はたった二つしかない最後部席のうちの一つだった。

席まで歩いていく際、いつもとは違った種類の視線を感じた。それが単に三ヶ月も遅れて現れたクラスメイトという特殊な存在への好奇の眼差しなのか、自己紹介すらまともにできない男への非難の眼差しなのかは定かではなかった。

連絡事項が淡々と告げられて朝のホームルームが終わり、笠井と入れ違いに一限担当の教師がやってきて、間もなく授業が始まった。女にしては髪の短い二十代後半の英語教師は、この時期に初めて教室に現れた新顔のことなど気にも留めない様子だった。僕はろくに授業を聞かず、真っ白なノートを眺めたまま痣のことを考えていた。駐輪場《ちゅうりんじょう》を囲む木々からクマゼミの鳴き声が聞こえた。周りの生徒たちは一様に真剣な表情で授業を聞いていた。わからないことがあると落ち着かない顔をしたし、理解できなかったことが理解できると嬉《うれ》しそうな顔をした。僕の中学にいた連中とは大違いだ。

瞬く間に授業が終わり、休憩《きゅうけい》時間となった。たちまち数人の物見高い生徒に囲まれて質問攻めにあう、ということはなかった。誰に話しかけるでもなく一人でぼんやりとしている僕を何人かがそれとなく盗み見てきたが、それだけだった。教室にいる者の半数は集まってお喋りをしており、残り半数はノートや参考書を開いていた。公衆電話を探しにいきたかったが、不案内な校舎でそれを見つけるには十分では足りなそうだった。昼休みを待つ他あるまい。

目のやり場に困った僕は、右斜め前の空席を眺めた。席の主は欠席しているらしく、机の中は空っぽだった。椅子の背には「1836」という数字が油性ペンで描かれていた。一体何の数字だろう？　出席番号というわけではあるまい。

休憩時間の終わりを告げるチャイムが鳴り、立ち歩いていた生徒たちは慌《あわただ》しく席に着いた。二限が始まってほどなく、昨晩の寝不足のせいか、あるいは朝の奇妙な出来事で精神を磨《す》り減《へ》らしたせいか、水を吸った毛布のようにずっしりとした眠気が僕を襲った。初日から居眠りするわけにはいかないと眉間を抓《つね》って懸命に抗《あらが》ってはみたが、あえなく数分で瞼が下りた。

二十分程度の睡眠だったが、妙に輪郭のはっきりとした夢を見た。痣が戻ってくる夢だ。洗面所で顔を洗った僕は、視線を上げた先の鏡に映った顔に痣を発見して「ああ、やっぱり、あれは夢だったんだ」と肩を落としていた。

夢の中の僕は、落胆しつつも心のどこかで安堵《あんど》していた。どれだけ憎らしい欠点だろうと、長く自分に属していたものには少なからず愛着を持ってしまうということだろうか。あるいは最大のハンディキャップが外れた以上今後一切の言い訳は通用しないという重圧から解放されてほっとしたのか。

二の腕をつつかれた感触で目を覚ました。そこが病室でも自室でもないという事実を認識するまでに少し時間がかかった。ここは教室だ。ということは、僕を起こしたのは看護《かんご》師でも親でもない。

右側に目をやる。僕を起こしてくれた隣席《りんせき》の女の子は、登校初日の午前中から居眠りする不心得者に呆れたような表情を向けていた。どれくらい寝ていたのだろうかと上体を起こして壁時計を見上げると、もう二限が終わるところだった。挨拶に間に合うよう起こしてくれたのだろう。軽く頭を下げて彼女に感謝の意を伝えたが、向こうの注意は既に黒板の方に移っていた。僕を露骨《ろこつ》に無視しているようでもあった。あなたの感謝など受け取りたくない、という意思表示かもしれない。純粋な善意で起こしてくれたというよりは、僕が教師に叱られることで教室の空気が悪くなるのを未然に防ごうとしただけなのだろう。

僕はそのまま彼女の横顔を観察した。胸にかかるくらいの長さの黒髪は形のよい耳にかかっており、すっきりとした顔の線と細い首筋が露《あら》わになっている。一見地味だが、よく見ると感心してしまうくらい整《ととの》った造りの顔だ。美渚第一高校指定のセーラー服が、これ以上ないというほどよく似合っている。黒板を睨む表情は滑稽《こっけい》なくらい真剣で、頑固で融通が利かなそうな感じがした。茶道《さどう》でも習っているのか異様に姿勢がよく、またそれにもかかわらず彼女の座高は周りの女の子よりも低かった。

ようするに、僕のようなならず者とはもっとも縁遠いタイプの女の子だった。箸《はし》の持ち方一つをとっても意見が合わないだろう。

授業が終わった。授業中に見た夢のせいで気分が落ち着かなかった。手洗いにいって鏡で痣がないことを確認しようと思い席を立とうとしたそのとき、先ほど起こしてくれた隣席の女の子が「あの」と僕に声をかけた。

初め、僕は自分が話しかけられていることに気づかなかった。これまで僕に自ら話しかけてくれるような人間といえば、初鹿野を除けば、僕と同様に社会や集団から爪弾《つまはじ》きにあっているろくでなしだけだった。彼女のように同級生からも教師からも信頼されていそうな子の方から接触を図《はか》ってくるなど、夢にも思わなかったのだ。

「怪我は、もう大丈夫なんですか？」

隣席の女の子はいった。まるで古い友人に話しかけるかのような自然な態度で。

雑音の一部として処理された音声の中に自分と関連の強い単語を発見した僕は、慌ててその単語が含まれている一文を頭の中で再生し直し、それが自分に向けられた言葉である可能性に思い至り、おそるおそる声のした方を向いた。

視線が合った。

「ひょっとして、僕に話しかけてるのか？」と僕は訊いた。

「ええ」女の子は深く頷いた。「迷惑でしたか？」

「いや、そういうわけじゃないんだ。ただ、その」煮え切らない口調で僕はいった。「君みたいな子に初対面で話しかけられるのが、予想外で」

女の子はその意味について数秒考え込んだ後、少し傷ついたような笑みを浮かべた。

「私、そんなに他人に興味なさそうに見えます？」

「いや、そういう意味じゃない」

「では、どのような意味ですか？」

「なんというか……嫌われてると思ってた」

彼女は表情を変えずに首を傾《かし》げた。「なぜ？　話したこともない人に、好きも嫌いもありませんよ」

「じゃあ、これから嫌いになる」

彼女はその言葉の真意を推《お》し量《はか》るように数秒間沈黙した。それから、ふっと目を細めてくすくす笑った。真顔で冗談をいったものと解釈されたようだ。

「ずいぶん卑《ひ》屈《くつ》なんですね」と彼女はいった。「それとも、人に好かれるのは苦手ですか？」

「さあ、わからない。好かれた経験がないから」

「そうなんですか」

彼女は口元を押さえて上品に微笑んだ。これもまた、冗談と勘違いされたらしい。

「嘘《うそ》じゃない。本当に好かれた経験がないんだ」

「はいはい、わかります」

ちっとも信じていない様子で彼女は頷いた。

僕は苛立ちを抑えつつ、小さく溜め息をついた。「逆に訊くけれど、君は人に好かれるのは得意か？」

「わかりません。そういう経験がないから」

隣席の女の子はしたり顔でいった。もちろん嘘に違いなかった。それどころか、電車やバスに乗るたびに複数の人間から一目惚《ひとめぼ》れされていてもおかしくない。

僕が呆れて二の句を継げずにいると、彼女は鞄《かばん》から長方形の和紙《わし》を取り出して僕の机に置いた。

「これは？」と僕は訊いた。

「短冊《たんざく》です」彼女は自分の分の短冊を指先で摘《つま》んでひらひらさせながらいった。「廊下に置いてあったんですよ。予備としてもう一枚もらってきたんですが、あなたにあげます」

「ああ、短冊か。でも、新暦の七夕は一週間前に終わったし、旧暦にしては早過ぎないか？」

「織姫《おりひめ》や彦星《ひこぼし》から見たら、一週間や一ヶ月なんて誤差みたいなものですよ」

「そういうものかな」

「そういうものです。好かれた経験のない者同士、誰かに好いてもらえるよう、織姫と彦星にお願いしましょう」

薄水色《うすみずいろ》の短冊をしばらく眺めた後、僕は彼女にそれを返した。

「必要ないよ。僕の分まで君が使うといい」

「あの、私だって、織姫や彦星が願いを叶《かな》えてくれるとは思っていませんよ」ペンを持って中空に目をやったまま、彼女はいった。「でも、自分が何を求めているかについて考えるにはよい機会です。どんなに幸運であろうと、自分がほっしているものを理解していない人は、いつまで経ってもそれを手に入れられないんです。神頼みというのは、叶えるべき願いを知るためにあるんですよ」

「いや、神頼みが嫌いなわけじゃないんだ」と僕はいった。「実をいうと、願いごとが叶ったばかりなんだよ。長い間願い続けてきた夢が、ほんの数時間前に叶った。これ以上を望むと、ばちが当たる気がする」

「へえ、おめでとうございます」彼女はペンを置いて小さく拍手した。「羨《うらや》ましい限りです。……願い、というのは怪我の完治ですか？　それとも、高校にいくこと？」

「どちらでもない。もっと個人的な願いだ」

「なるほど。あまり詮索《せんさく》しない方がよさそうですね」

「そうしてくれると助かる」

「それでは」彼女は僕の手元の短冊を指さした。「代わりに、私のために祈ってください」

「何を？」と僕は訊いた。

自由を、と彼女はいった。

「私の自由のために、祈ってください」

今度は、こちらが彼女の言葉の真意を探る番だった。穏やかな笑顔《えがお》のうちに意味のない冗談と受け取れる余地を残しつつも、その声にはどこかうっすらと切実さが含まれていた。

「わかった」

僕はただそういって頷き、ペンを握った。

そして訊いた。

「そういえば、君の名前は？」

「千草《ちぐさ》です。荻上《おぎうえ》千草」短冊に目を落としたまま彼女はいった。「そしてあなたは、深町陽介くんです」

「ああ。知ってるよ」と僕はいった。

次の休憩時間がくると、僕らはまた他愛《たわい》のない会話を交わした。千草が教えてくれたところによると、幸い、僕が自主的に勉強した範囲《はんい》より進んでいる教科はないようだった。

昼休みになると、僕は真っ先に教室を出た。手洗いに駆け込み、鏡で顔に変化がないのを再三確認する。それから廊下や階段に溢れる人々を掻《か》きわけて進み、一階に下りて公衆電話を探した。事務室前に鎮座《ちんざ》している品揃《しなぞろ》えの悪い自販機の脇に、目的のものはあった。

問題はそこからだった。僕はあの女にこちらから連絡をとる手段を持っていない。ベルの音が届く位置にさえいればあちらから連絡してくるものと思っていたが、こういうときに限って公衆電話は死んだように沈黙していた。

向かいの水飲み場に腰かけて、額《ひたい》にうっすらとかいた汗を拭った。窓のすぐそばで、数匹の蟬が競《きそ》い合うように鳴いていた。自販機の前には入れ違いに生徒がやってきて、思い思いの飲料を買っていた。

あるいは、ここが人目につく場所であるのがよくないのかもしれない。考えてみると、今まであの女から電話がかかってきたのは例外なく僕が一人きりのときだった。会話を僕以外の人間に聞かれることに不都合でもあるのだろうか。

十分ほど経ったところで、にわかに空腹を覚えた。この場は一旦諦めて、いい加減昼食をとった方がよさそうだ。ここでいつまで待とうとベルは鳴らない気がした。あの女が電話をかけてくるとき特有の不穏な感じがまったくといっていいほどしないのだ。

僕は二階の購買で売れ残りの紫蘇《しそ》お握りを買い、手洗いに寄って痣がないのを確認した。一体これで何度目の確認だろう？　これまで意識的に鏡を正視しないようにしていたことを考えると、今日だけで二年分は鏡を覗き込んだのではないだろうか。

手洗いを出て、四階の教室に戻った。大半の生徒はそれぞれの仲間たちと談笑しながら食事をとっていたが、千草の姿はなかった。他クラスの友人のところにでもいったのかもしれない。

席に着くなり、前の席に座っていた男が半身を捻《ひね》るようにして振り向き、僕の机に片肘《かたひじ》をついた。長髪で色が黒く、人懐っこそうな顔をした男だった。筋肉のつき方からいって、サッカーでもやっているのだろう。

「ずいぶん長い春休みだったみたいだな？」彼は身を乗り出して顔を近づけてきた。その距離は三十センチもなかった。「なあ、お前、荻上に気に入られたみたいじゃないか。すげえすげえ。羨ましい限りだよ」

男の馴《な》れ馴《な》れしさに面食らいつつ、僕は答えた。「一言二言話しただけさ。気に入られたわけじゃない」

男はもったいぶった態度で首を横に振った。「それは、お前が荻上千草という人間を知らないからいえることなんだ。……あいつ、一緒に話していて、どこか妙な感じがしなかったか？」

そういわれて、僕は千草との短い会話のいくつかを思い返した。

「確かに、ちょっと変わってはいるな。物腰が丁寧《ていねい》過ぎるきらいはある」

「それだよ」彼は人差し指を立て、どこか嫌らしい感じのする笑みを浮かべた。「筋金入りのお嬢様なんだ。詳しいことはわからないが、家が相当の金持ちらしい」

容易に想像できる話だった。千草のふるまいには、根本的に一般的な高校生とは異なった育ちのよさが感じられた。僕たちとは違う空気を吸って、違うものを食べて、違う哲学のもとで育った人間なのだろう。

「でも、わからないな」と僕はいった。「どうして金持ちの娘がこんな僻地《へきち》の高校に通わなきゃならないんだろう？」

「俺《おれ》たちもそれを不思議に思ってる。どうしてだろうな？　人生経験の一環のつもりかな」

「そういう偏見に慣れておくため、というのも理由の一つですね」

いつの間にか教室に戻ってきていた千草が、男の背後に立っていた。

「おお、聞かれちゃったか」男は気まずさを隠すように、ことさら驚いた顔をした。

「陰口は本人に聞こえないところでお願いします」

男は後頭部に手をやって髪を何度か梳《す》き、開き直った態度で椅子にもたれた。

「この際だからはっきり訊いておくけど、荻上はどうしてこんな高校を選んだんだ？」

「人生経験の一環です」澄《す》ました顔で千草は答えた。

「根に持たれたみたいだな」彼は茶化《ちゃか》すように苦笑いした。「もうちょっと心の余裕を持とうぜ。そんなんだから、いつまで経っても皆と打ち解けられないんだよ」

「今、この方と打ち解けている最中です」千草は手で僕を示した。「あなたが邪魔《じゃま》をしてるんです」

「そりゃ、気が利かなくて悪かったね」男が肩を竦《すく》めた。

教室の一角にいた四、五人の男女のうちの一人が「永洞《ながほら》、早くしろ」とこちらに向かって呼びかけるのが聞こえた。永洞と呼ばれた彼はそれに応《こた》え、「それじゃあ、荻上と仲よくしてやれよ」と僕の肩を叩いて友人たちの方に歩いていった。

多分、それほど悪い人間ではないのだろう。千草に対しても敵意を持っているわけではなさそうだ。

「他に、妙なことを吹き込まれましたか？」と千草が訊いた。

「校内一の美女と同じ教室にいられて光栄だ、といっていた気がする」

「あの人がそんなお世辞をいうはずがないでしょう」彼女はそれを鼻で笑った。「誤解がないようにいっておきますけれど、私の家は決してお金持ちではありませんよ。噂が事実だったのは、遠い昔の話です。今は、至って平凡な家ですから」

彼女のいう〝平凡な家〟と僕の考えるそれとの間にどれほど落差があるのかに思いを巡らせながら、僕はお握りを咀嚼《そしゃく》してお茶で流し込んだ。千草は鞄から弁当箱を取り出したが、それは少し年季が入っているものの、いかにも高級そうな漆《うるし》塗《ぬ》りの品だった。

「なぜそれを彼――永洞にも説明してやらないんだ？」

「なぜでしょうね？」彼女は小首を傾げた。「ひょっとすると、私はまだ、彼らを勘違いさせたままにしておきたいのかもしれません。お金持ちと思われて、敬遠された状態が心地よいと思っているのかもしれません。……ところで、深町くん。お昼、ご一緒しても？」

僕はおそるおそる訊き返した。

「僕は構わないけれど……ええと、迷惑じゃないか？」

千草は虚を突かれたような表情で固まった後、心底おかしくて堪らないといった風に両手で口元を覆い笑った。「それは本来私が訊ねるべきことですね。あの、深町くん、迷惑ではありませんか？」

「まさか。むしろありがたいよ」

「校内一の美女とお昼をご一緒できて？」

「ああ」

「冗談とわかっていても嬉しいものですね」

千草は机を寄せてきて、僕と三十センチほどの距離に椅子を置き、片手でスカートを押さえながら腰を下ろした。二本の白いラインが入ったネクタイが、それにあわせて小刻みに揺れた。

囁くような「いただきます」が聞こえた。

放課後、千草は僕を連れて校内を案内してくれた。自分の意思でそうしてくれたのか、あるいはあのお節介《せっかい》な担任が彼女にそうするように頼んだのかはわからない。ただ、少なくとも嫌々やっているという感じではなかった。

「脚、痛み出したら、遠慮なくいってくださいね」と千草はいった。

「大丈夫だと思う」僕はその場で足踏みをして怪我の具合を確かめたが、特に痛みや違和感はなかった。

開け放たれた廊下の窓からは運動部のかけ声や金属バットの打撃音《だげきおん》、吹奏楽部の練習するトロンボーン、軽音楽部のでたらめなチューニングのギターなどが聞こえた。高総体予選や総文祭が間近に迫り、放課後の校内はこの蒸し暑さが自然に思えるくらいに活気づいていた。

「ところで、荻上は部活にいかなくていいのか？」

「ご心配なく」千草は胸に手を当てて首を振った。「華道部に籍《せき》だけ置いているんですが、活動といってもたいていは部室に集まってお喋りするだけですから。……ちなみに、深町くんはもう入部先を決めているんですか？」

「多分、どこにも入らないと思う」

「そうですね、怪我も治ったばかりですから」

「いや、怪我はもう平気なんだ。単に、自分がそういう場所で上手くやっていくヴィジョンが見えないだけで」

「考え過ぎですよ」

「そうかもしれない。でも、僕の悪い勘はよく当たるんだ」

千草は立ち止まって僕の顔を見上げた。一旦口を開きかけた後、思い直したようにそれを閉じ、しばらく考えてから言葉を選んで彼女はいった。

「あのですね、深町くん。実をいうと、私も少し遅れてきた側の人間なんです。体にちょっとした問題を抱えていて、五月の初めまで学校にこられなかったんです。自分の足で歩けるようになったのもつい最近で、半月前までは車椅子に乗っていました。だから、あなたが途方に暮れてしまう気持ちはよくわかります。世界に置き去りにされてしまったような感じがするんですよね」

千草はふっと息を吐き、僕を励ますように微笑みかけた。

「でも、私が保証しますよ。深町くんは、大丈夫です。きっと上手くやっていけます。根拠はありませんけど、そんな気がするんです」

「ありがとう」と僕は礼をいった。「元気が出るよ」

僕たちは再び歩き始めた。校舎を一巡りする間に大勢の人間と擦れ違ったが、痣のあった頃のように僕をちらちらと盗み見てくるような人は一人もいなかった。あるいは単純に僕の気分がよかったから他人の視線が気にならなかっただけかもしれない。いずれにせよ、痣が消えたおかげであることには違いない。ほんの少し容姿が改善されたというだけで世界はこんなにも生きやすい場所になるのか、と僕は驚いた。

校舎内を一通り回ると、昇降口で靴を履《は》き替えて外に出た。校舎の裏手を回り、部室棟や第二体育館の位置を確認していると、千草が僕の肩を叩き、グラウンドにいる人物を指さした。見ると、スクイズボトルを片手に持った永洞がこちらに向けて手を振っていた。僕の予想通り彼はサッカー部に所属しているらしく、土埃に塗《まみ》れた白い練習着姿だった。

「あなたの反応を待っているんだと思いますよ」と千草が僕の耳元で囁いた。

半信半疑のまま手を振り返すと、永洞は満足気な笑みを浮かべて親指を立てた。直後、監督《かんとく》からの号令がかかり、彼は慌てて他の部員たちと駆けていった。

「彼、悪い人ではありませんよ」と千草がいった。「陰口を叩くことに目をつむれば」

「そうらしいね」と僕は頷いた。

校舎の案内が終わったのは午後の七時過ぎだった。辺りはすっかり薄暗く、夜の虫が鳴き始め、グラウンドにはナイター照明が灯《とも》り、吹奏楽部は全体練習に移行していた。

校門へと続く直線を歩きながら、僕は隣を歩く千草に礼をいった。

「今日は色々と助かったよ。感謝してる」

「いえいえ、こちらこそ暇人のお節介につきあってもらえて嬉しかったです」千草は大袈裟に頭を下げた。「それに、私がいなくたって、そのときは別の誰かが今の私の役を買って出たと思います」

「まさか。今日僕に話しかけてくれたのは、荻上と永洞くらいだよ」

「でも、皆あなたに話しかけたそうにしていましたよ？」

「僕に？」思わず素《す》っ頓狂《とんきょう》な声をあげてしまった。「何か文句でもあったんじゃないか？」

「深町くんは本当に悲観的なんですね」

千草は嬉しそうに笑った。

川沿いの道を、しばらく無言で歩いた。道端の防犯灯は半数近くが消えるか点滅するかしていて、一際明るいところでは蛾《が》やコガネムシが飛び交っていた。近所の田圃《たんぼ》ではカエルの鳴き声が絶え間なく響き、遠くから列車の気だるげなブレーキ音が聞こえた。魚を焼く匂いがどこかの家の換気扇から漂ってきていた。

登校初日から誰かと一緒に下校できるなんて想像もしていなかったな、と僕はしみじみと思った。

別れ道まできたところで、彼女はすうっと深呼吸してから僕の名前を呼んだ。「えとですね、深町くん」

「なんでしょうか？」

僕が馬鹿丁寧に答えると、千草はおかしそうに目を細めた。

「そのですね、何か困ったことがあったら、遠慮なく私にいってください。そのときは、一緒に困ってあげます」

「なるほど。解決してくれるわけではないんだな」

「はい。人が他人のためにしてあげられることは、実際のところごくわずかですから」

「もっともだ」

僕は千草に同意した。

＊

ひょっとしたら、まともに生きられるかもしれない。

静まり返った駅前通りをのんびりと歩く僕は、そんな風に考え始めていた。千草も永洞も僕に好感を持ってくれているようだし、クラスメイトに悪そうな人間はいない。授業にもついていけそうだ。初日だから断定はできないけれど、今のところ、不安要素は何一つない。

いや——ただ一つ懸念《けねん》事項を挙げるとすれば、それはやはり、痣の復活だ。「深町くんは、大丈夫です」という千草の言葉は、素直に嬉しかった。しかし彼女がそんな風にいえるのは、僕の本当の姿を知らないからだ。僕の醜さを知らないからだ。そして僕がいつまでこの仮初《かりそ》めの姿でいられるかはわからない。初鹿野の心を射止められないまま期日を迎えれば、僕の顔は元通りになってしまうのだ。

仮に明日《あした》、痣が僕の顔に戻ってきたとしたら、千草は僕の顔を見てなんというだろう？　そのときも同じように「深町くんは、大丈夫です」と保証してくれるのだろうか？

あるいは千草のいうように僕が悲観的に過ぎるだけで、痣があろうがなかろうが大した違いはないのかもしれない。そもそも僕は自分で考えているほど問題のある人間ではなく、単にこれまでの環境が悪かっただけだという可能性だってゼロではない……

いつもの堂々巡りだった。自分が他人にどのように思われているかなど、いくら考えたところでわかるはずもない。それでも考えずにはいられない。

電話のベルの音が待ち遠しかった。あの女に訊かなければならないことが山ほどあった。賭けの勝利条件である「両想い」の基準はどの程度の好意を得れば満たされるのか？　そもそも初鹿野はいつになったら僕の前に現れるのか？　僕の方から捜しにいった方がよいのか？

僕は足を止めた。少し遠回りをして帰るだけのつもりが、いつの間にか道に迷ってしまったようだった。そこは明かりに乏《とぼ》しく自動車が擦《す》れ違《ちが》えないほどの細道で、両脇のガードレール下から雑草が好き放題に伸びていた。方角的にはそれほど見当違いな道ではないはずなので、いずれ知っている道に出るだろうとそのまま歩き続けた。

四十分ほどさまよった挙句、ようやく見覚えのある場所に出た。どうやら僕はぐるりと辺りを一周して高校まで戻ってきてしまったらしかった。閉校時間はとうに過ぎており、一階の職員室を除けば敷地内の明かりはすべて消え、ところどころで非常口の誘導灯《ゆうどうとう》が放つ緑色《みどりいろ》の光が漏れていた。

高校のそばに神社があることを知ったのはこのときだった。校舎の表側に回ろうと角を曲がると、真っ赤な鳥居が目に飛び込んできた。鳥居の両脇には稲荷神《いなりしん》の像、その先には幅の広い石段が何十段と続き、頂上付近にもう一つ大きめの鳥居が据えられていた。

下手《へた》をすれば何百段もあるかもしれないその階段を上り切るほどの気力は残っていないはずだった。神社に特別の関心があるわけでもないし、駅までの近道になると思ったわけでもなかった。

それなのに、導《みちび》かれるように、足を踏み出した。

石段を上るのは骨が折れた。既に何十分も歩き続けて、シャツは汗でびしょ濡れだった。両脇に背の高い杉の木が並び、生長した根が石段を押し上げてしまっている場所もあった。八十段目まできたところで、僕は数えるのを止めた。うつむき、両膝に手を重ね、頭を空っぽにしてひたすら歩を進めた。脚の傷口が痛み始める前兆があったが、ここまできて引き返すわけにもいかない。

最後の一段を上り切ると、二十五メートルプールよりも少し広い程度の平地に出た。

公園を兼ねた神社であるらしく、ブランコや滑り台、ベンチなどが隅の方に申し訳程度に設置されていた。ベンチの足下が雑草に覆われているのを見るに、あまり利用者はいないのだろう。

振り返ると、美渚一高周辺の風景が一望できた。僕は石段に腰かけて大きく息を吐き、眼下の校舎や住宅街やスーパーマーケットを眺めた。汗だくの体に吹きつける夜風が気持ちよかった。

ささやかな夜景を堪能《たんのう》した後、最後に軽く敷地内を回ってから帰ろうと立ち上がったとき、背後で物音がした。錆びた金属が擦れるような、どこか本能的に恐怖を感じさせる音だった。

風で遊具が軋んだだけだと自分にいい聞かせ、唾《つば》をゆっくりと飲み込んでから辺りを見回した。

異音の正体を知ったとき、僕は思わず声を上げそうになった。

揺れるブランコの上に、誰かが座っていた。

暗くて顔まではわからなかったが、背格好からいって、それはちょうど僕くらいの年頃の女の子のようだった。くたびれたルーズな白いシャツと短いスカートで、まるで部屋着のまま出てきたように見えた。こんな時間に、こんな場所で、そんな格好の女の子が一人でブランコに乗っているというのは奇妙な光景だった。

一体何をしているのだろう、とは思わなかった。

彼女は仰け反った体勢で上方を眺めていた。

視線の先には、縄《なわ》があった。

支柱から垂れる縄は、ちょうど体操競技《たいそうきょうぎ》で用いる吊り輪《つわ》のような形に結ばれていた。だがブランコの支柱に一つだけ吊り輪があるというのは妙だし、そもそも吊り輪にしては輪の直径が大き過ぎた。

縄を結んだのがブランコに座っている女の子であり、かつ彼女がその輪に頭を入れてぶら下がるつもりでいるのは一目でわかった。縄は座板の真上ではなく支柱の中心から下げられており、その下には付近のごみ捨て場から持ってきたと思われる古書の束が高く積み上げられていた。踏み台代わりのそれは縄より少しだけ後方にあり、輪の中に首を入れてからそっと台を降りるだけで、全体重をかけて頸部《けいぶ》を圧迫できるようになっていた。

彼女は今まさに、それを実行に移そうとしていた。おもむろにブランコを降り、サンダルを脱いで裸足《はだし》になる。慎重に古書の束の上に立つと、手を伸ばして縄を摑み、輪に首を通した。

一際強い風が吹き、林がざわつく。

向こうはまだ、公園内に自分以外の人間がいることに気づいていない様子だった。僕はそっと足を踏み出し、徐々にブランコに近づいていった。説得するにしても引きずり降ろすにしても、ひとまず彼女が早まったときすぐに対処できる位置まで移動しておきたかった。

汗が、首筋を撫でるように伝う。

足音を立てないよう聴覚《ちょうかく》に意識を集中させると、キリギリスの鳴き声が一層大きくなった。ひりひりと単調なリズムで繰り返されるそれに耳を澄ますと、時間や距離の感覚が段々と曖昧《あいまい》になった。気を抜けば転んでしまいそうだ。

立ち眩みの前兆のような感覚を覚えつつ、じわじわと歩を進める。

たった数メートルが、途方もない距離に感じられた。

ようやく安全圏に入ろうかというとき、不意に彼女は忍び寄る影に気づき、僕の姿を正面に捉えた。

早まったというよりは、びっくりして判断を誤ったのだと思う。

その証拠に、彼女の体は初め後方に傾いた。止められる前に死のうと思ったなら、前方に傾いていたはずだ。僕の出現に驚き、一度縄を外してから踏み台を降りようとしていたのかもしれない。

しかし慌てていたためか縄は上手く外れず、むしろ体勢が崩れたことにより彼女の首にしっかりと食い込み、一方で足は予定通りに踏み台を降りてしまった。その拍子に古書の踏み台が崩れ、足が空を切った。

縄がぴんと張り詰め、ぎしぎしと鈍い音を立てた。

咄嗟《とっさ》に動けなかったのは、彼女を救わなければという使命感よりも先に、今すぐこの場から逃げ出したいという恐怖に襲われたためだ。人が死にかけている場面に遭遇するのは、生まれて初めてだった。助けようとして手を差し伸べれば、彼女を死に至らしめつつあるどす黒い何かに僕まで汚染される気がした。そうした肉体的反応を理性で抑えつけて体が動き始めるまでに、若干の遅れが生じてしまったのだ。

大急ぎで駆け寄り、彼女の腿《もも》の後ろに右腕を回して抱え上げる。左手で首元を探り、縄を摑む。しかし体重がかかった際に輪が締まったらしく、中々外れてくれない。女の子がげほげほと激《はげ》しく咳《せ》き込む。

闇雲に縄の結び目の辺りを弄《いじ》っていると、彼女が腕の中でじたばたと暴《あば》れ出す。この細い体のどこにそんな力が隠されているのかと思うほど彼女の力は強く、押さえつけるのに精一杯で、縄の解除はますます難しくなる。苛立って腕の力を強めるほど、向こうも必死にもがいた。

もう数秒とせずに右腕に限界がくるというところで、ようやく縄が外れた。安堵した途端《とたん》に力が抜け、僕は女の子を抱えたまま、覆《おお》い被《かぶ》さる形で前のめりに倒れ込んだ。

気がつくと、間近に彼女の顔があった。

暗闇に慣れた目と月明かりのおかげで、僕は彼女の顔をはっきりと視認できた。

だが僕の常識はそれを受け入れようとしなかった。

そんなことが起きるはずがない、と自らの感覚器官が受け取ったものを頑《かたく》なに否定した。

だが一方で、こうも思った。

ああ、ついにこのときがきたか。

僕はその名前を呼んだ。

実に、三年ぶりに。

「初鹿野」

女の子は目を見開いた。

汗で前髪が額や首筋に貼りつき、深く咳き込んだせいで瞳《ひとみ》はうっすらと潤《うる》んでいた。

「……陽介くん？」

初鹿野は、掠《かす》れた声で僕の名を呼んだ。

互いに、ひどく呼吸が乱れていた。次の言葉が出てこないのはそのせいだろう、と最初は思った。しかし、息切れが治まっても僕は口をきくことができなかった。多量の海水を飲み込んでしまったみたいに喉がからからだった。

言葉が溢れるだろう、と思っていた。いつか初鹿野と再会できたら、そのとき僕は、伝えたいことが多過ぎて何から伝えればいいのかわからなくなるだろう。そう思っていたのだ。

だが実際は正反対だった。開いた口からは、一滴の言葉も出てこなかった。目の前の現実が、受け入れられなかった。

初鹿野の顔には、巨大な痣があった。

「どいて」と彼女がいった。

僕は我に返り、彼女の背中に回していた右腕を解いて、後ずさるようにして立ち上がった。初鹿野は気だるそうに体を起こし、両膝に手をついて立ち上がって服の汚れを払った。それからまた何度か咳《せき》をすると、助けてもらった礼の一つもいわず、僕の脇を通り過ぎて公園の出口へ向かった。

僕は彼女の後を追うことができなかった。振り向くことさえできず、馬鹿みたいに立ち尽くして、ブランコが甲高《かんだか》い音を立てて揺れるのをぼんやりと眺めていた。

どれほどの間そうしていたか、僕にもわからない。

ようやく頭が働き始めた頃には初鹿野の姿は見えなくなっており、ともすれば先ほどの出来事が夢であったと錯覚できそうでさえあった。だが支柱からぶら下がった縄や地面に散らばった古書がそれを許さなかった。ここで死のうとしていた人間がいたのだと、それらは強固に主張していた。

雲が月光を遮り、園内が深い暗闇に包まれた。やがてブランコの揺れは収まったが、錆びた金属音の余韻《よいん》はいつまでもそこに残っていた。

遠くから、電話のベルの音が聞こえた。

考えるよりも先に足が動いていた。再び全治十四週間の怪我を負ってもおかしくないほどの無謀さで、転がり落ちるように石段を駆け下りる。残り十数段のところで一思いに飛び下りて前のめりに着地し、荒い呼吸を無理矢理《むりやり》抑えつけて耳を澄まし、電話の位置を探る。お前は何をしているんだ、という声が頭の中に響く。最優先事項は何だ？　電話の女に詳しい事情を聞くよりも、初鹿野を追うのが先じゃないのか？

優先順位を取り違えていやしないか？　お前が本当にすべきことは何だ？　一度自殺に失敗したらもう一度決意を固めるまで時間がかかるというのはあくまで一般論だ。お前から逃げ切った初鹿野は、すぐにでももう一度どこかで首を吊るかもしれないぞ。それに、一番の問題は、初鹿野がお前から逃げたことじゃない。お前が初鹿野から逃げたことの方が問題なんだ。お前は変わり果てた彼女の姿を見て気後《きおく》れした。自分の手に負えないと踏んで尻込《しりご》みしたんだ。その証拠に、初鹿野がお前に目もくれずに歩き去ったとき、確かにお前は安堵した。声をかけられなくてよかった、と内心ほっとしたんだ。今彼女を追わなかったら、お前は次も逃げるぞ。次の次も、次の次の次も。
それでいいのか？　それでいいと本当に思っているのか？
もう一度聞くぞ。最優先事項は何だ？

足を止める。

ベルは町角の電話ボックスの中から聞こえていた。

少なからず遮音性があるはずの電話ボックス内で鳴っていたベルがなぜあれほど遠くにいた僕の耳に入ったのかという疑問は、街路灯の並ぶ下り坂の向こうに小さく見える初鹿野の姿によって一瞬で吹き飛んだ。全力で走れば、まだ追いつけるかもしれない。しかし同時に思う、追いついたところでどうする？　どんな言葉をかけてやればいい？　つい数分前まで自殺しようとしていた女の子に、一体どんな風に接してやればいい？

　扉に手をかけて逡巡《しゅんじゅん》しているうちに、初鹿野の姿はどんどん遠ざかっていく。もう追いかけても間に合わないだろうと諦めかけたそのとき、お誂《あつら》え向きに自転車が道端に乗り捨ててあるのが目に入る。どうせ鍵《かぎ》がかかっているから無駄《むだ》だ、と僕はそれを意識の外に追いやる。おいおい、と頭の中の声が語気を荒げる。なぜ試してもいないのにそういえる？　ほらよく見ろよ、あれのどこに鍵がかかっているっていうんだ？　どうせ悪餓鬼《わるがき》が駐輪場から盗んで乗り回した後で放置していった自転車だろう、鍵なんてかかっているはずがない。そしてお前は、その気になれば電話に出て女の話を聞いた上で初鹿野を追いかけることだってできるんじゃないのか？　なぜそうしない？　認めろよ。お前は初鹿野を追いかけたくないんだ。

　初鹿野の姿が、闇に消えた。

　僕は電話ボックスに入り、力なく受話器を取った。

「さて、痣が消えたご感想は？」と女がいった。

「もう忘れたよ。それ以上に衝撃的《しょうげきてき》な出来事があったからな」

「なるほど」彼女は意味ありげに笑った。「ともあれ、条件は調ったわけです。痣は消え、想い人との再会も済みました。それでは、八月三十一日を楽しみにしております」

僕は震え気味の溜め息をついた。

「なあ、一つ訊ねたいんだが」

「なんでしょう？」

「初鹿野の顔」と僕はいった。「あの痣は、一体どこからきたんだ？」

がちゃり、と受話器が置かれる音がした。

僕は受話器を戻し、壁にもたれてずり落ちるように座り込み、天井《てんじょう》を見上げた。

五秒としないうちに、再びベルが鳴った。

僕は手を伸ばして受話器を取った。

「一つ、肝心なことを伝え忘れておりました」

「安心してくれ。一つどころじゃない」

「十六歳のお誕生日、おめでとうございます」

それだけいって、女は電話を切った。

「そいつはどうも」と僕はどこにも通じていない受話器に向かっていった。

電話ボックスを出ると、僕は内ポケットを探ってくしゃくしゃのソフトケースを取り出し、折れかかった煙草を咥《くわ》えて引き抜き火をつけた。渇いた唇にフィルターが貼《は》りつき、皮が剝《む》けて血が滲み、白いフィルターに口紅のような染みを残した。いよいよ厄介《やっかい》なことになってきたな、と他人事のように思いながら、一口目の煙を吐いた。

このようにして、僕の十六歳の夏が始まる。

第3章　吾子《あご》浜《はま》の人魚伝説

戸口を開けると異臭が漂ってきた。腐った野菜のような臭いだ。シャツと靴下を脱いで洗濯機《せんたくき》に放り込んでから居間にいくと、折り畳んだ座布団を枕にして母が眠っていた。卓袱台《ちゃぶだい》の上には落花生《らっかせい》の殻が散らばり、倒れた湯呑《ゆの》みから溢れた焼酎《しょうちゅう》が一面に広がって端からぽたぽたと滴《したた》っていた。部屋の照明の周りを小さな蛾が飛び回っており、つけっ放しのテレビからはニュース番組が流れていた。

僕は布巾《ふきん》を持ってきて卓袱台を拭《ふ》き、畳に染み込んでしまった部分を丸めたキッチンペーパーで何度も叩いた。僕が台所と居間を行き来している最中も、母が目を覚ます様子はなかった。どれだけ拭いても卓袱台のべたつきは取れそうになく、僕はそれを中途で放棄した。

冷蔵庫を開けると、黒くなり始めた白菜と手遅れの大根、賞味《しょうみ》期限を一週間も過ぎた卵、袋が開いたままのもやしがあった。かちかちに冷凍された豚肉をフライパンで解凍しつつ野菜を切り分けていると、ようやく起きた母が居間から「水をちょうだい」と酒焼けした声でいった。

コップ一杯に冷水を注《つ》いで持っていき、母に手渡した。起き上がって一息にそれを飲み干した彼女は、「悪いわね」とだけいって再び寝転んだ。

　夕食を終え洗い物をしていると、母が台所に上がり込んできた。脇に立った彼女は洗い物を手伝《てつだ》ってくれるわけでもなく、ただ僕の横顔を眠たげな目でじっと見つめていた。そして三十秒かけて、ようやく自分の息子《むすこ》の身に起きた変化に気づいた。

「あら、その顔……」

「ああ」と僕はいった。「今朝起きたら、消えてた」

　母は顔を寄せて僕の顔を仔細《しさい》に眺めた。化粧や何かを疑っているのだろう。

　一通り観察を終えた母は、嬉しそうに僕の背中を叩いた。

「よかったじゃない。今までの治療の成果が出たのよ。色んな病院に通った甲斐があったわね」

　馬鹿なことをいわないでくれ、と僕は思った。にきびやそばかすとはわけが違うんだ。どこの医者も複雑そうな表情で、どうにか折り合いをつけて一生つきあっていくしかない、と婉曲《えんきょく》にいっていたじゃないか。仮に健全な皮膚を移植してもまた同じ場所に痣が生じる可能性が高い、とさえいわれたんだ。その痣が一晩で治ったというのに、〝治療の成果が出た〟だって？

「不思議だとは思わないのか？」と僕は訊いた。「最後に皮膚科にいったのはもう二年以上前の話じゃないか」

「そうね。確かに不思議。そもそも、仮に治療の成果が出たにせよ、徐々に時間をかけて治るならまだわかるけど、一晩で治っちゃうなんてさすがに普通じゃないわ。奇跡としかいいようがないわね」

母は湯呑みの酒を呷《あお》り、落花生を三粒口に放り込んだ。

「でもね、陽介。消えた痣のことなんて、忘れちゃいなさい。度を過ぎた幸運っていうのは、そっとしておくのが一番なのよ。変に騒いだり原因を究明しようとしたりするから、台なしになるの。こういうときは、『こんな幸運、どうってことないんだ』って顔をしていればいいのよ」

母のいうことには一理ある、と僕は思った。しかしそれは幸運の原因が定かではない場合に限った話だ。僕の幸運には、はっきりとした原因がある。

「もっと素直に喜びなさい。糠喜《ぬかよろこ》びして後で落胆する羽目になるのを恐れてたら駄目。落胆のリスクを背負った上で糠喜びするのが一番冴えたやり方よ」

僕はそれには応えず、母の手にある湯呑みを指さした。「七月から禁酒するんじゃなかったのか？」

「お湯よ」と母は見え透いた嘘をついた。「ただのお湯」

僕は湯呑みを奪い、中身を飲み干した。喉が熱くなり、饐《す》えた芋《いも》の臭《にお》いが胃に広がる。かすかな吐き気を覚えた。一体これのどこが美味《おい》しいのだろう？

「不良息子」戻ってきた湯呑みに再び焼酎を注ぎながら母がいった。

「ただのお湯だよ」と僕はうそぶいた。


布団に横になって目を閉じたが、数時間前の出来事が瞼の裏にちらついて眠れそうになかった。居間に戻り、箪笥《たんす》の二段目に入った煙草のカートンから一箱抜き取って自室に戻った。明かりを消して、煙草に火をつける。煙がこもらないように網戸《あみど》を開け窓の外に顔を出すと、湿っぽい土の匂いがした。

初鹿野の顔が、目に焼きついて離れなかった。彼女の顔には大きな痣があった。かつて僕の顔にあったものとそっくりな、青黒い痣だ。

どのようにして彼女の顔に痣ができたか、については今は考えないでおこう。自然にできたのかもしれないし、そうじゃないかもしれない。心当たりがまったくないわけではないが……いずれにせよ、ここで考えて答えの出るような話ではない。今考えるべきは、何らかの理由で生じたその痣が、彼女に何をもたらしたかだ。

あの公園で、初鹿野は自殺しようとしていた。それは確かだ。彼女をそのような行為に至らしめたのは、やはりあの痣なのだろうか？　自らの容姿の劣化を嘆いて、彼女は首を括《くく》ることにしたのだろうか？

　控え目にいっても、初鹿野はこの町でもっとも美しい女の子だった。誰もが彼女に憧《あこが》れ、誰もが彼女を妬《ねた》み、誰もが彼女を羨んだ。それは彼女自身も少なからず自覚していただろう。決して他人の感情の機微に疎《うと》い子ではなかった。自分の持つ美貌《びぼう》が、美貌という言葉の意味を歪めてしまうほどに飛び抜けていたことを、彼女が知らなかったはずがない。

　その美貌が損なわれるというのは、一体どんな気分なのだろう？　僕にはとても想像できない。かつて僕にあった痣が古びた畳の染みだとしたら、彼女の痣は純白のドレスの染みだ。たとえ同じ色、同じ大きさの染みだろうと、それが持つ意味は同じではない。後者の精神的な損害は、前者とは比較にならない。初鹿野が自身の今後を悲観してしまったとしても無理はない。

　一方で、僕は自分の出した結論に違和感を覚えてもいた。果たして初鹿野がその程度の出来事で自殺を考えるだろうか？　美貌は彼女の魅力《みりょく》の一つに過ぎない。僕と初めて知り合った頃から、彼女は小学生にあるまじき深い洞察力の持ち主だった。発言は機知に富んでおり、学力も高く、運動神経も優れていた。本をたくさん読み、両親さえ知らないくらい古い時代の音楽に通じていた。控え目にいって、僕の二十倍は豊かな感性を持った人間だったはずだ。

そんな彼女が、美貌が損なわれたというだけの理由で自殺しようとするものだろうか？

明日の放課後、初鹿野に会いにいこう、と僕は思った。何について考えるにしても、材料が足りな過ぎる。実際に会って話を聞いてみて、すべてを明るみに出した後で今後の方針を定めよう。

不安は大きかったが、初鹿野に会いにいくと決めた瞬間から、少なからず興奮している自分がいた。形はどうあれ、これから僕は彼女の人生に再び関《かか》われるのだ。小学校を卒業したあの日、離ればなれになれば初鹿野のことなどすぐに忘れられると思っていたが、蓋《ふた》を開けてみれば、この三年間想いは強まる一方だった。

ある意味では、ずっとこんな日がくるのを待っていたのだ。

煙草を消して、居間にいき灰皿に捨てる。それから鏡台の前に膝をつき、痣の消えた顔を眺めた。

何も持っていない人間には、一つだけ強みがある。失って困るものがないのだ。大切なものが一つあるだけで、人は常にそれを失う恐怖に苛《さいな》まれるようになる。

その証拠に、今、僕は恐れている。この顔に痣が戻ってくることを。元の薄暗い生活に戻ることを。

＊

翌朝、一年三組の教室の前まできて、ふと僕の足が止まった。

教室のドアを開ける瞬間が、昔から苦手だった。年を重ねるにつれて、その傾向はより顕著《けんちょ》になっていた。

たった一晩のうちに、すべてが変わってしまうことがある。その変化が明らかになるのがドアを開ける瞬間だ。昨日までの和《なご》やかな空気が今日はひりついたものに変わっていたり、昨日《きのう》までクラスの中心人物だった生徒が今日は除《の》け者《もの》にされていたり、昨日まで優しかった知り合いが今日はこちらを罠《わな》にかけようとしていたり……とにかく、昨日までそうだったものが今日もそうであるとは限らない。だから僕は毎朝一つのドアの前に立つたび、磯《いそ》の岩をひっくり返すような気分になる。そこには宝石のような貝がくっついているかもしれないし、おぞましい船虫《ふなむし》がうじゃうじゃと這《は》い出てくるかもしれない。

小さく深呼吸して、ドアを開けた。千草の姿はなかったが、永洞が僕の姿を認めて手招きした。僕は頷き、自席の机の脇に鞄をかけてから彼のもとへ向かった。

永洞は彼を含めて男三人女二人のグループで談笑していた。どうやら彼はその輪の中に僕を入れようとしているみたいだった。善意からの行いであるのはわかっていたし、実際それは今の僕のような立場の者にとってもっとも必要な場だったが、やはり心のどこかでうんざりしている自分がいた。こういった多人数での会話は好きではないのだ。

「深町くん、だったよね？」女の子の一人、長身で彫りの深い顔の子がいった。「怪我はもう大丈夫なの？　ずいぶん長い間、入院していたみたいだけど」

「もうなんともない」と僕は答えた。「六月末にはほとんど治ってたよ。期末テストが終わるのを待ってたんだ」

五人が一斉に笑い、永洞が僕の胸を小突いた。「やるじゃん」

「今、肝試しの話をしてたんだよ」といったのは短髪で浅黒い肌をしたいかにも野球部といった風体《ふうてい》の男だった。「聞いたことないか？　山の麓《ふもと》にある廃墟《はいきょ》の噂」

「ああ、赤い部屋の廃墟だろう？」

僕がそういった瞬間、五人は笑うのを止《や》めた。

何かまずいことをいったかな、と胸に緊張が走る。

「赤い部屋？」と永洞が訊いた。

「そう。廃墟の奥に、赤い部屋があるんだ」

「初耳」先ほどの女の子とは対照的に小柄であっさりとした顔の子が眼鏡の奥の瞳を輝かせていった。「何なの、それ？」

「そんなに面白《おもしろ》い話でもない。一角がスプレーで真っ赤に染められた部屋があるっていうだけの話だ。薄暗闇の中で見ると少しびっくりするけど、その名の通りただ赤いだけの部屋だよ」

「やけに詳しいな」と短髪の男がいった。「もしかして、入ったことがあるのか？」

僕は束の間躊躇《ちゅうちょ》したが、正直に答えた。「ああ。中学の頃に、友人に連れられて」

「詳しく聞きたいな」と眼鏡の子がいった。

「その部屋、中央に椅子があって、そこにマネキンが座ってるんだ」段々と僕の舌は滑《なめ》らかになっていった。痣が消えたおかげか、僕はいつになく自然に会話の流れに乗れていた。「誰かが定期的に彼女を着替えさせてるらしくて、日によって一高の制服を着てたり水着を着てたりする」

短髪の男が両手を叩いた。「何だか面白そうじゃん。俄然《がぜん》いく気が湧いてきた」

「それだけじゃない」五人の反応を見て、僕はもう一歩踏み込んだ。「隣の部屋には古いけど割と綺麗なベッドがあって、その周りに使用されて間もないあれこれが無造作に使い捨ててあるんだ」

これに男三人は歓声を上げ、眼鏡の子は眉根《まゆね》を寄せつつ満更《まんざら》でもない反応を返した。

一人意味のわかっていないらしい長身の女の子が、「何が捨ててあったの？」と無邪気に訊いた。

「クラッカーやビンゴゲームのカードじゃないのは確かだね」今まで口を開かなかった色白で中性的な顔立ちの男が小声でいった。「お菓子の袋でもないよ」

「よくわかんないけど、私、馬鹿にされてる？」長身の彼女は彼を睨みつけた。

「今夜だ」と永洞がいった。「待っていられない。今夜見にいこう。深町、案内してくれよ」

「今夜？」と僕は訊き返した。「ああ、悪いけど、今日の放課後は……」

「ねえ、今呼ばれたの深町くんじゃない？」と眼鏡の子が耳に手を当てていった。

僕らは一斉に口を噤《つぐ》んだ。校内放送は、確かに僕の名前を繰り返していた。

「笠井の声だ」と色白の男がいった。

「今いいところだったのに」眼鏡の子が口を尖《とが》らせた。「いってらっしゃい、深町くん」

去り際に、永洞が僕の背中にいった。「肝試し、今日はいけそうにないのか？」

「残念ながら」僕は頷いた。「それに、経験者がいない方が緊張感があっていい」

教室を出た後、僕はほっと胸を撫で下ろした。

今回の岩には、船虫ではなく貝が潜《ひそ》んでいたようだった。

＊

「呼び出された理由はわかってるか？」

僕はこれまでに、少なくとも三十回は同じような質問をされたことがある。なぜ呼び出されたと思う？　私のいいたいことはわかってるね？　自分のどこが悪かったかいえるか？　教員はどこでそういう回りくどい言い回しを覚えてくるのだろう？　そういう研修でもあるのか、大勢の生徒を叱っているうちに自然と身につくのか。

昨日と打って変わって、笠井の態度はひどく冷淡だった。デスクに肘をついて手に顎《あご》を乗せ、半日も煙草を吸えていないニコチン中毒者のような神経質さでボールペンを何度もノックしていた。

「わかりません」と僕は答えた。なぜかはわからないが、笠井は僕に腹を立てているらしい。こういうときは下手に喋らず向こうの出方を見るべきだろう。

「そうか」彼は残念だとでもいいたげに首を振り、チェアを回転させて僕に向き直った。「だが、もう少しよく考えてみろ。何もないのに呼び出されるはずがないだろう？　俺だって暇があってこんなことしてるわけじゃないんだ」

「なら、はっきりいってください。いくら考えてもわからないものはわかりません。少なくとも僕自身は、誰かに咎《とが》められるようなことをした覚えはないんです」

朝の職員室は生徒の出入りが激しく、不穏《ふおん》な目つきの笠井と対峙している僕を何人かがそれとなく盗み見ていった。好ましい状況とはいいがたい。クラスメイトにこの現場を目撃される前に片をつけたかった。

「そうであっても不思議はない」笠井はコーヒーカップに軽く口をつけた。「そうだな、じゃあ手っ取り早く訊ねよう。お前の右斜め前の席、誰の席か知ってるか？」

手っ取り早くといいつつ、どこか誘導めいた質問だった。とはいえ答えないわけにもいかない。僕は昨日の教室の様子を思い浮かべた。前席が永洞で、右隣が千草。右斜め前は空席だったはずだ。

「知りません。その人、昨日は欠席していたようですから」

「そう」笠井は頷いた。「そして今日も欠席するらしい。先ほど親御さんから連絡があった」

話の行く先が読めなかった。昨日初めて登校した僕とその休みがちな生徒との間に、一体どのような関わりがあるというのだろう？

「それで？」と僕は続きを促した。

「そうか、これでもわからないのか」

笠井は襟足を掻き、呆れ顔で溜め息をついた。

「ずいぶん前から、強い要望があったんだ。どこでもいいから別のクラスに変えてくれ、理由はいえないがとにかくこのクラスだけはやめてくれ、と。もちろん、そういう生徒のわがままをいちいち聞いていたら切りがない。一つ目の例外を認めたら二つ目の例外を認めさせられる羽目になり、最終的には全員の要望を認めざるを得なくなる。そういうもんだ。だから、どうにか一年間耐えてくれといってなだめすかしてきた。彼女も、渋々とはいえそれを受け入れていたかのように見えた」

笠井は説明の間もずっと僕の挙動に目を光らせていた。まるで、僕がどこかで不意にぼろを出すのを待っているみたいに。

「ところが今朝になって、電話がきた。それで、ようやくわかったよ。なぜ彼女があれほどまでにこのクラスを嫌がっていたのか。なぜ一昨日《おととい》までは我慢して登校を続けられたのか」

　僕は無言で続きを待った。

「彼女の母親がいうところによると」

　笠井は遂に話の核心に触れた。

「初鹿野唯は、深町陽介のいる教室には絶対にいきたくないらしい」

　肺の中が空っぽになるような感覚が僕を襲う。

「お前、初鹿野に何をしたんだ？」

　薄まった空気を吐き出して職員室の淀《よど》んだ空気を取り込み、やっとのことで僕はいった。

「初鹿野唯？　初鹿野唯が、一年三組にいるんですか？」

　笠井は鼻を鳴らした。僕がしらを切っていると思っているのだろう。

「クラスの名簿《めいぼ》は四月の時点で渡しておいたはずだぞ。一度も確認しなかったのか？入院中、いくらでも読む時間はあっただろうに」

様々な考えが頭をよぎったが、僕はそれを顔に出さないように注意しつつ「そうだったんですか」とだけいった。

「それで?」と笠井はすかさず追及した。「あらためて訊くぞ。初鹿野がお前を避ける理由に何か心当たりはあるか?」

反射的に、昨晩の光景が脳裏を掠めた。長い石段、寂れた神社公園、揺れるブランコ、積まれた古書、軋む縄、そして彼女の痣。

再び痣のことを考えたせいで、返事に遅れが生じた。笠井はそれを見逃《みのが》さなかった。そのわずか一秒足らずの不自然な間を捉え、僕に心当たりがあると見抜いた。

「こっちが訊きたいくらいですよ」と僕は努めて自然にいった。「初鹿野とは中学に入ってからは一度も連絡を取り合っていません。小学校時代のある時期を一緒に過ごしましたが、その頃はお互いがお互いにとってよい友達だったと思います。避けられるような心当たりはありません」

「それじゃあ初鹿野の欠席理由をどう説明する?」

「知りませんよ。本人に訊いてください」

笠井はボールペンで自分のこめかみをつついた。

「昔の話を持ち出すのはフェアじゃないとは思うが……中学時代にお前が起こした諸《もろ》

諸《もろ》の問題を知っている身としては、疑い深くならざるを得ないんだ。わかるだろう？」

なるほど、と僕は思う。笠井の断定的な態度の根拠はそこにあるのだろう。彼の中では、小学校時代の初鹿野が僕やその不良仲間たちからひどい苛《いじ》めにあっていた、とでもいったストーリーができ上がっているに違いない。

「仰《おつしや》る意味はわかります。僕が疑われるのも無理はないと思います」僕は一歩譲《ゆず》った上で主張した。「ですが、少なくともこの件に関しては何かの間違いだと断言できます。もう一度初鹿野に話を聞いてみてください」

「もちろんそのつもりさ」

話にけりがついたところで、折よく始業のチャイムが鳴った。

「戻っていい」と笠井がいった。「後ほど、また話を聞かせてもらうことになると思うがな」

僕は無言で彼に背を向け、職員室をあとにした。

教室に戻り席に着くと、千草が何かいいたげな顔で上目遣いに僕を見た。笠井の件もあって、僕の警戒心《けいかいしん》は強まっていた。ひょっとしたら彼女もまた僕を思いもよらぬ角度から糾弾《きゆうだん》するかもしれないのだ。

「おはよう」僕は挨拶で牽制《けんせい》した。

「おはようございます」

千草が頭を下げた。どこかよそよそしい感じのする挨拶だった。

「その、昨日はありがとう」僕は用心深くいった。

「どういたしまして」千草はほとんど機械的に返した。

居心地の悪い沈黙があった。

まず想像したのは、僕が初鹿野を苛めていたという根も葉もない噂がどこからか広まってしまったという可能性だった。次にもう一つの可能性として、自分でも知らぬ間に千草の気を悪くするようなことをしてしまったのではないかとこれまでの行為を振り返っていると、千草が澄ました態度でいった。

「深町くん、先ほどはずいぶん楽しそうでしたね」

そういわれて、職員室に呼ばれるまで永洞たちと廃墟の話で盛り上がっていたことを思い出した。笠井の詰問《きつもん》のせいで、そのときの浮かれた気持ちはとっくに失われてしまっていたのだ。

千草の不機嫌の原因がわかって、僕はほっとした。多分、彼女は永洞の友人たちのことが嫌いか、もしくは彼らが集まったときにできるある種の空気が苦手なのだろう。

そこに僕が馴染んでいるのが気に食わなかったのだ。

「廃墟の話をしていたんだ」と僕は説明した。「彼らがそこで肝試しをするらしい。僕も中学の頃に似たようなことをしていたから、廃墟がどんな場所であったか話したら喜ばれたんだ」

「それ、深町くんも一緒にいくんですか？」

「いや。誘ってもらえたけど、今日の放課後は予定があるから」

「なるほど」

彼女は咳払いをした。

「あの、深町くん。もう一度やり直しましょう」

僕が首を傾げると、千草は「おはようございます、深町くん」といって実に感じのよい笑みを浮かべた。

ああ、そういうことか。

「昨日はありがとう」僕はあらためて礼をいった。

「どういたしまして」彼女は満足げに目を細めた。「今後も、遠慮なく私に頼ってください」

「そうさせてもらうよ。ところで……」僕は斜め前の席を指さした。「そこは、初鹿野唯の席で間違いないのか？」

千草は目を瞬《しばたた》かせた後、こくこくと頷いた。

「ええ、そこは初鹿野さんの席ですけれど、深町くんはまだ……」そこで彼女ははっとしたように顔を上げた。「もしかして、お知り合いですか？」

「ああ。小学校の同級生だ」

「そうだったんですか」

千草は僕の表情の変化を捉え、考え深げに頷いた。

「その様子からいって、単なる同級生だったというわけではなさそうですね」

「いや」僕は力なく首を振った。「ただの同級生だったよ」


午前の授業はまったく身が入らなかった。真っ白なノートを眺め、今朝笠井から聞かされた話を反芻《はんすう》していた。休憩時間になるたび千草が声をかけてきたが、気のない返事しかできなかった。

三限前の休憩時間、体育の授業に向けて運動着に着替えている最中、僕は何気なく永洞に訊ねた。

「なあ、永洞の隣の席の子について、訊きたいことがあるんだけれど」

「隣というと、初鹿野唯のことか？」シャツのボタンを外しながら永洞はいった。「顔に大きな痣がある女の子だろう？」

「痣？」僕は思わず訊き返した。

意外な返答だった。永洞がそれを知っているということは、初鹿野の痣はもっと以前からあったということになる。

「初鹿野がどうかしたのか？」

「ああ、昔の知り合いなんだ」

「ふうん」彼はTシャツを脱ぎ、運動着を頭から被った。「それで、訊きたいことってのは？」

僕は少し考えて、質問内容を変更した。「あの痣、いつからあるんだ？」

「いつから？」永洞は動きを止めて考え込んだ。「わからないな。だって初めて会ったときには既にあったから」

「……なるほど。ありがとう」と僕は礼をいった。

「おう」と永洞は頷いた。

彼の話が本当なら、四月の時点で既に初鹿野の顔には痣があったということになる。

僕の混乱はますます深まった。

一度、話を整理してみよう。初鹿野は僕に会いたくないという。それも今朝突然そうなったのではなく、かなり以前から――おそらくは同じクラスに僕が所属しているのを知ったときから――彼女はそれを笠井に嘆願していた。つまり、初鹿野が僕を避けていることと昨晩の出来事とは無関係なのだ。自殺を邪魔されて怒っているとか、恥ずべき行為を目撃されて合わせる顔がないといった話ではない。

では、初鹿野唯はいかにして深町陽介を憎むようになったのか？

見当もつかない――といいたいところだが、一つ、仮説があった。

初鹿野の痣は、僕の顔から消えたあの痣なのではないか？

初鹿野の美貌は、賭けの担保として一時的に回収されてしまったのではないか？

思い返せば、あの女はそれを〝賭け〟と呼んでおきながら、賭け金のようなものは一切要求してこなかった。しかし、もしもそれが僕の知らぬ間に既に払わされていたとしたらどうだろう？　それも直接的に僕から回収されるのでなく、間接的に初鹿野から回収されていたのだとしたら？

そして初鹿野が、自分が賭けの出汁《だし》に使われたことを知らされていたとしたら？

この辺りからは、もはや完全に空想の域だ。何しろ、初鹿野の顔の痣は僕の顔から痣が消える以前から存在していたのだ。僕の仮説を成り立たせるには、

①電話の女は時間を遡《さかのぼ》って賭けの担保を回収できた。
②電話の女は僕が賭けに乗ることをずっと前から知っていた。
　のどちらかを前提に据えなければならない。この時点で論理は完全に破綻《はたん》しているが、消えるはずのない痣が消えているというのに今さら論理性も何もないだろう。賭けに関わる一連の出来事に道理を期待するだけ無駄だ。それよりは、これまでの言動から電話の女の性格を推察して、素朴に「あの女が考えそうなこと」を検討していくのが真実への近道だろう。

　僕は想像する。ある晩、一人町を歩いていた初鹿野は公衆電話のベルの音を聞く。誘《いざな》われるように受話器をとった彼女に、例の女が告げる。「あなたの美しさは、深町陽介さんの賭けの担保にされました」。初鹿野は性質《たち》の悪い冗談だと眉を顰《ひそ》め電話を切る。そして翌朝、彼女は鏡の前で立ち尽くす。おぞましい痣――けれどもどこか見覚えのある痣が、彼女の顔にできている。石鹸《せっけん》で念入りに洗ってもそれは消えない。

　その日の午後、病院にいったものかどうか悩んでいた彼女のもとに、再びあの女から電話がかかってくる。女はいう、「その痣は、もともとは深町陽介さんの顔にあった痣です」。

　ここで当然の疑問が生じる。そのような回りくどい方法がとられる理由がどこにあるのか？　僕はあの女の視座に立って考える。そして次のような結論に至る。

彼女は、試そうとしているのかもしれない。かつて初鹿野が僕にそうしてくれたように、僕が美貌の損なわれた初鹿野に対して公平にふるまえるかどうか。


「深町くん」千草が僕の肩をつついた。「考えごとは、まだ続きそうですか？」

意識が現実に引き戻され、教室の喧噪《けんそう》が戻ってきた。気づけば、もう昼休みだった。

「いや」僕は椅子の背にもたれて軽く伸びをした。「もう終わりにしよう」

千草がにこりと微笑み、中腰になって机を寄せた。

とりとめのない話をしながら二人で昼食をとっていると、売店から戻ってきた永洞が「邪魔するよ」といって僕らの正面に椅子を置いた。「ええ、邪魔です」といいつつ、千草は弁当箱を手前に詰めて永洞のためのスペースを作った。仲のよいことだ。

三人が食事を終えたところで、永洞がいった。

「皆、今日は妙に落ち着きがないと思わないか？」

「そうですか？」千草は辺りを見回した。

「深町は登校二日目だからわからないかもしれないけど、明らかに皆浮き足立ってるよ。一大行事が近いからな」

僕は七月の行事予定表を思い浮かべた。

「行事というと……ああ、土曜日の球技大会か？」

「それもあるかもな。でも俺がいいたいのはそういうことじゃない」

千草が永洞に代わって答えた。「そろそろ、『ミスみなぎさ』の開票結果が発表されてもいい頃合いなんですよ」

「ああ、そうか」僕は得心して頷いた。そんな行事の存在はすっかり忘れていた。

「実質的に校内全員参加の美人コンテストを開くようなものなのに、よくもこんな行事が毎年続くものですね」

「ちなみに俺は荻上に投票したよ」と永洞がこともなげにいった。

「迷惑です」

千草が睨みつけたが、永洞は意に介さぬ様子で僕に訊いた。

「なあ、深町だったら誰に投票した？」

僕はぐるりと教室中を見回してから、あらためて隣にいる女の子を眺めた。

「そうだな……僕も、荻上に投票したかもしれない」

初鹿野を候補から除けばの話だけれど、と僕は頭の中でつけ加えた。

永洞が僕の肩に腕を回し、「ほらな？」といって千草にしたり顔を向けた。

「どうして私なんですか？」千草はほんのりと頬を染めて訊いた。

「泳ぎが上手そうだから」と僕は答えた。

「なんですかそれ」

「一番美人だってことだよ」永洞が勝手に意訳した。

「……それはどうも」

千草は浅く溜め息をついた。


毎年八月二十六日から二十八日にかけて催される美渚夏まつりには、二日目の夜、その年の「ミスみなぎさ」が美渚町に伝わる人魚の伝承を朗読し、『人魚の唄《うた》』を歌うというしきたりがある。祭りの華であるその役は、美渚町出身の未婚女性である必要があり、毎年美渚第一高校から選出される――というのも、どうやらこの田舎町において未婚であるというのは相当の恥らしく、学生以外はその役目を忌避《きひ》するのだ。ミスみなぎさとして人前に立つということは、私は未婚女性ですと声高《こわだか》に宣言するようなものらしい。

加えて、美渚町に伝わる人魚伝説は、数ある人魚伝説の例に漏れず悲劇的な筋書きであり、それゆえにミスみなぎさに選ばれると婚期を逃すというジンクスがいつからかできていた。

「吾子浜《あごはま》の人魚伝説」は、嚙《か》み砕いていえば、福井《ふくい》に伝わる八百比丘尼《やおびくに》伝説とハンス・クリスチャン・アンデルセンの創作童話『人魚姫《にんぎょひめ》』を足して二で割ったような話だ。人魚の肉を口にしてしまった娘が不老長寿となってしまい、出家して八百年間全国を巡り歩くのが八百比丘尼伝説。生まれて初めて海の外に出た十五歳の誕生日、人間を相手に禁断の恋をしてしまうのが人魚姫。いってしまえば、『人魚姫』の魔女を八百比丘尼に置き換えたのが吾子浜の人魚伝説だ。

　面白いのは、もしも記録《きろく》が正しければ、吾子浜の人魚伝説はアンデルセンが『人魚姫』を著《あらわ》す二百年以上前には既に存在していたということだ。またこの話を『人魚姫』になぞらえると、人魚の側でなく魔女の側から描かれているというのも興味《きょうみ》深《ぶか》い。

そのため美渚町では町の至るところに人魚の像を設置して「人魚の町」を謳《うた》い観光客を集めようと空《むな》しい努力をしている。しかし今日《こんにち》に至るまで観光客らしい観光客など僕は見たことがない。

　八百比丘尼は死ぬまで十五、六歳の容姿を保っていたといわれている。人魚姫が人間に恋をしたのは十五歳の誕生日とされている。そういう意味でも、吾子浜の人魚伝説を語るにあたり、高校生は適齢といえるのだろう。

僕が「ミスみなぎさ」には千草が相応しいと思ったのは、彼女の持つどこか幸薄い空気が吾子浜の人魚伝説の悲劇的な雰囲気と調和していたからだった。もちろんそれを本人に伝えはしなかった。そんな形で褒《ほ》められても、嬉しくはないだろうから。

永洞の予想通り、昼休みの終わり頃、校内放送でミスみなぎさコンテストの開票結果が告げられた。もったいぶった間の後、放送係は当選者の名を読み上げた。

「一年三組、荻上千草さん」

千草の表情が凍りついた。

束の間、教室に静寂が訪れた。それを打ち破ったのは永洞の拍手だった。彼の誘うような拍手に教室中が続いた。

拍手の感じからいって、クラスの皆は、千草の当選を心から祝福しているようだった。彼女の当選は嫌がらせによるものではなく——僕がこんなことを考えるのは中学時代にそういう悪意を目の当《ま》たり《あ》にしたことがあるからだが——皆、薄幸《はっこう》の美少女を思わせる千草がミスみなぎさという悲劇のヒロイン役に相応しいと感じたから彼女に投票したのだ。僕や永洞がそう考えたように。

騒ぎの中心にいる千草本人は、血の気の引いた顔でうつむいていた。僕と永洞が何度呼びかけても返事がなかった。そこで僕は刺激の種類を変えることにした。それまで荻上と呼んでいたのを、「千草」にいい換えてみた。

千草がはっとしたように顔を上げた。

「すみません、ちょっと混乱してしまって。大丈夫です」

「人前に出るのが嫌なら、断ればいい。誰も責めはしない」と僕はいった。

「嫌というほどではないです。ちょっと驚いただけで」

「難しく考える必要はないさ」永洞が茶化すようにいった。「どうしてもやりたくなければ、俺が代わってやるよ」

「未婚の女性限定ですよ」

千草は苦笑いしたが、彼のおかげで少しだけ気分が解《ほぐ》れたようだった。

しかし、その件があってからしばらくの間、千草は目に見えて大人《おとな》しくなった。授業中も上の空で、もの憂《う》げな表情で窓の外を眺めていた。六限が終わっても、彼女はもとに戻らなかった。僕が「じゃあ、また明日」と声をかけると、現実に引き戻されたようにびくりと体を震わせ、「ええ、また明日」と作り笑いを浮かべて手を振るだけだった。

人前に出るのがよほど苦手なのだろう、とそのときは思った。後にその推測が完全に的外れであったことが判明するのだが、仕方のない話だ。この時点で持っていた情報だけで彼女の真意に辿《たど》り着ける方がおかしい。

そう、千草がミスみなぎさに当選して青褪《あおざ》めていた理由だけではない。この時期の僕は、実に様々なことを知らずにいた。手がかりはそこら中に転がっていたが、いちいち立ち止まってその意味をじっくりと考えてみる余裕がなかったのだ。

＊

隠れて煙草を吸うのにも神経を遣う。人口の割に、人目のない場所を探すのが難しいのが田舎だ。刺激に飢えるあまり一日中窓のそばに座って往来を見張るのを趣味《しゅみ》としているような人間がそこら中にいて、わずかでも異変があれば嬉々《きき》として家を飛び出してくる。一人が出てきた途端、騒ぎの匂いを嗅《か》ぎつけた人々が次々と集まり出す。そして異変が事実か勘違いかにかかわりなくたっぷり一時間ほど立ち話をしていくのだ。

僕は煙草を踏み消し、きついアンモニア臭のする公園の手洗いを出て新鮮な空気をたんまりと吸った。焼けたアスファルトからは乾いた匂いが、道沿いの林からは噎《む》せ返るような緑の匂いがした。僕は頬に垂れてきた汗を手で拭い、再び初鹿野の家を目指して歩き始めた。

思い出すのは、雨の音だ。それも小降りの雨ではなく、傘を差していても膝まで濡れてしまうような大降りの雨だ。初めて初鹿野の家を訪れたのは、ちょうど今と同時期、天気の不安定な七月中旬の午後だった。

その日、天気予報が外れて大雨が降った。数日前に持ち帰るのを忘れたきり傘を小学校に置いたままにしていた僕のような無精者《ぶしょうもの》を除いて、大半の生徒は学校で親の迎えを待つことになった。

几帳面《きちょうめん》にものを持ち帰る初鹿野は当然後者だったが、彼女は僕が傘を持っていると知ると「家まで送ってくれたら嬉しいなあ」と繰り返した。

「だって、お父《とう》さんがくるまであと二時間もこうしているのは退屈だよ」

そういうわけで、僕は初鹿野を家まで送り届けることになった。男子の大半は帰宅を諦めて体育館に向かい、女子の大半は小集団で輪になってお喋りに興じ、友達のいない者たちは図書館に逃げ込み、一部の螺子《ねじ》の抜けた連中は裸足で運動場に駆けていく。そんな中、僕と初鹿野だけが昇降口を目指して歩いていた。

そのとき僕らは珍しく、喧嘩というほどではないが些細《さささい》な口論を交わしたせいで、互いに話しかけづらい状態にあった。僕の彼女への怒りはとうに跡形もなく消え去っていたのだが、上手い切り出し方が見当たらず、僕は彼女と仲直りするきっかけを探していた。

おそらく彼女も似たような心境にあったのだと思う。そこに雨が降ってくれた。僕が窓際で雨を眺めていると、初鹿野がいつもより少しだけ広めに距離をとって隣に立った。予報が外れたね、と彼女がいった。これでようやく傘を忘れずに持ち帰れるよ、と僕はいった。

数分後には、二人の間の距離はいつも通りに戻っていた。

昇降口を出て、傘を広げた。初鹿野はそこに潜り、くすぐったそうに笑った。

軒下を出た途端、猛烈な勢いの雨粒が傘を叩いた。一歩進むごとに足下で水が跳ね、風で傘が揺れるたびに大量の水が流れ落ちた。いつもならば下校する生徒で溢れているはずの通学路は、僕らの他には誰も歩いていなかった。

この雨がなかったら、僕らの仲直りはもう少し遅れていたと思う。

時折僕の右腕に触れる初鹿野の左腕の感触よりも、濡れた靴の生温《なまぬる》い感触の方が強く記憶に残っている。そこまで初鹿野と接近するのは滅多にないことだったのだが、なぜか僕は蝉のことばかり考えていた。大雨が降っている間、蝉はどこで何をしているのだろう？　もちろん蝉に限らず雀《すずめ》や蝶《ちょう》や猫や熊《くま》がどうしているのかもわからないのだが、特に蝉が心配でならなかった。一ヶ月にも満たない命なのに、その貴重な一日を雨で潰されるのはどんな気分だろうな。

午後の三時過ぎにもかかわらず往来をいくどの自動車もヘッドライトを点灯させるほどに視界が悪かった。坂を上り下りしている間はよかったが、平坦な道に入ってから五分としないうちに、僕らは車が撥ね上げた泥水を三度被った。一度目は車道側にいた僕が壁になり初鹿野はそれほど濡れずに済んだが、二度目で二人とも傘を差しているのが馬鹿らしくなるくらいずぶ濡れになり、三度目となるともはやなんとも思わなかった。

それでも僕は初鹿野に寄り添い続ける免罪符である傘を手放さなかった。視界を覆う雨と他者の目がない状況のおかげで、僕は痣の存在を忘れて気兼ねなくふるまうことができた。世界がいつもこうならいいのにな、と僕は思った。色んなものがあまりにくっきりと見えてしまうから生きづらいんだ。世界がもっと薄暗く輪郭のぼやけたものだったら、人は目につく印象ばかりに頼らずもっと慎重に物事を判断するようになっていたかもしれない。

「ここだよ」

初鹿野にいわれて、僕は足を止めた。門の脇に色とりどりの紫陽花《あじさい》が咲き乱れ、雨粒に叩かれて小刻みに揺れていた。どうやらそこが初鹿野の家のようだった。

「送ってくれてありがとう」彼女はそういってぺこりと頭を下げた。

「結局、傘の意味はなかったな。着衣水泳の後みたいだ」

「いいよ。楽しかったから」

初鹿野は引き戸を開いて中に入りかけたが、ふと思い直したように振り返った。

「中で雨宿りしていってもいいんだよ？」

「ありがとう。でも、僕の家まで走ればすぐだから」

こんな痣をつけた男を友人として招き入れても君の両親はいい顔をしないだろうから、とはいわなかった。

「そっか。それもそうだよね」初鹿野が人差し指で頬を掻いた。

「ああ。それじゃあ、また明日」

そういって立ち去りかけた僕の袖を、初鹿野の指先が摘んだ。

彼女は僕の耳元に口を寄せて囁いた。「もう、怒ってない？」

「最初から怒ってない。初鹿野は？」と僕は訊き返した。

「私も、最初から怒ってないよ」

初鹿野はほっとした顔で僕から手を放した。

「帰り道、気をつけてね」

「ああ。そっちも体に気をつけて」

彼女と別れてからほどなく雨が弱まった。それから五分としないうちに、雨は完全に止んでしまった。しかし、もう少し学校に留《とど》まっておけば濡れずに済んだのに、とは思わなかった。

これを端緒に、僕たちの仲はわずかではあるが前進した。その証として、以後僕らは登下校を共にするようになった。毎朝、初鹿野の家に寄った。彼女は呼《よ》び鈴《りん》を押してから十秒以内に必ず出てきた。戸が開くと、家の中から不思議な匂いがした。どんな家にもその家特有の匂いがあるものだが、初鹿野の家のそれは緩《ゆる》やかな幸福を僕に連想させた（何の捻りもないが、本当にそう思ったのだから仕方ない）。幸せに匂いがあるとしたらこんな感じだろう、と僕は思った。

初鹿野は靴を履き姿見で服装や髪型をチェックした後、居間にいる家族に向かって「いってきます」をいうのを欠かさなかった。彼女の服は一見大人しいものの、よく見れば地元では買えないような垢抜《あかぬ》けたものばかりだった。母親にとって、初鹿野は着せ替え人形のようなものだったのだろう。誰だってこんな娘を持てば買い物にも気合いが入る。

　毎朝初鹿野家を訪れていた僕だが、玄関より奥に入ったことは一度もなかった。僕がそうしたいといえば彼女はそうさせてくれただろうし、彼女がそうしてくれといえば僕はそうしただろうが、僕はその必要性を感じていなかった。むしろ、安易に互いの家を出入りするような関係になるのはもったいないようにさえ感じられた。ゆえに彼女の両親と顔を合わせたことはなかった。こんな薄気味悪い痣の持ち主が娘の友人であると知らせて悲しませることもないだろうと思っていた。

　なぜ当時の僕はそれほどまでに初鹿野との関係の進展に慎重だったのだろうか？　思うに僕は、二人の間にある心地よいテレパシーが、密接な関係によって裏づけられてしまうのが嫌だったのだろう。ようするに僕は、二人の関係を「……だからわかり合えている」ではなく「……なのにわかり合えている」にしておきたかったのだ。二人の距離が遠ければ遠いほど、両者の関係を繋ぎ止めている糸の存在はより強く感じられた。

　何かが変わったわけではないのだが、四年ぶりに訪れる初鹿野の家は赤の他人が住む家のような印象を僕に与えた。全体的にくすんだ色をした木製の和式住宅は手入れが行き届いてはいたが、年月の経過に伴う劣化からはどうしても逃れられず、ところどころにがたがきていた。

あの頃とは程遠い重苦しい気分で、僕は呼び鈴を鳴らした。シャツの襟を正して誰かが出てくるのを待ったが、一向に返事がなかった。再び呼び鈴を鳴らし、柱にもたれて反応を待った。

呼び鈴の脇には表札が出ており、仰々《ぎょうぎょう》しい字体で家族全員の名前が記されていた。庭先の一際大きな木は蟬たちのお気に入りらしく、樹上《じゅじょう》から幹を震わせんばかりの鳴き声が降り注いでいた。あの豪雨の日、蟬たちはここで雨宿りしていたのかもしれないな、と僕は思った。鞄の中の煙草に手が伸びそうになったが、火をつけた途端に初鹿野の母親が出てこないとも限らない。肌を焼く強い日差しの中、辛抱強く誰かが現れるのを待ち続けた。

しばらくして、ゆっくりと階段を下りる音が聞こえた。戸を開けて顔を出したのは、二十代前半の女だった。ウェーブのかかった茶髪はひどく傷み、肌は化粧で荒れ、着ているシャツは皺《しわ》だらけで、全体的に不潔《ふけつ》な感じがした。束の間、寝間着姿《ねまきすがた》のその女と初鹿野の関係性について想像を巡らし、ひょっとして初鹿野の友人だろうかと疑ったが、すぐに表札に出ていた名前を思い出した。おそらくこの女は初鹿野の姉にあたる人物なのだろう。

彼女は目を擦り、眠たげな声でいった。「何の用?」

「唯さんはご在宅でしょうか?」と僕は訊いた。

「どうかな。多分いるんじゃない?」大きなあくびを一つした後、彼女は僕の顔を覗き込んだ。「あんた、唯の彼氏ね?」

「いえ」僕ははっきりと否定した。

「じゃあ、ストーカー?」

「ただの友人です。小学校が一緒でした」

「友人、ね」

彼女は小馬鹿にする感じでいった。それから寝癖《ねぐせ》のついた後頭部を掻きむしった。

「仮にあんたが唯の昔の友人だったら、尚更《なおさら》今のあいつには会わない方がいいよ。どう説明したらいいのかわからないけど、とにかく、あんたの知ってる初鹿野唯はここにはいないから」

「ええ、承知してます」僕は頷いた。「その上で、唯さんに確かめたいことがあってここにきました」

「ここでいって。あたしが伝えてあげる」

「本人に直接訊ねたいんです。よければ唯さんに『深町陽介がきた』と伝えていただけませんか？」

彼女は大袈裟に首を横に振った。「今、あいつは誰にも会いたくないそうだから」

「それも承知しています。ですが彼女が僕に会いたくない以上に、僕は彼女に会いたいんです」

長い沈黙があった。彼女の目つきで、自分が品定めされているのがわかった。

「まあいいか」と彼女は鼻を鳴らしていった。「あたしたちもいい加減あいつにはうんざりしてるの。陽介、だったね。あんたにできることがあるならやってみて。まず無駄だとは思うけど」

「ありがとうございます」

僕は礼をいった。そしてもう一度表札に目をやった。「唯」の名前の上に、「綾《あや》」の名前があった。初鹿野綾。それが彼女の名前らしい。

「ずっと寝てたんだよ。久しぶりの休みだったから」

先導する綾さんは、平日の昼間から家で眠りこけていたことについて弁明した。

「半月近く、研究室に泊まり込んでたんだ。昨晩ようやくそれが一段落して、これで心置きなく眠れると思ったらあんたがきたってわけ。すっかり目が覚めちゃった」

「すみません」僕はひとまず謝《あやま》っておいた。

「休日にくればいいのに、たった数日も待てなかったの?」

「待てませんでした」

ふと彼女は僕の胸元に顔を寄せて匂いを嗅いだ。「あんた、ちょっと煙草臭くない? 高校生でしょ?」

「両親が共に喫煙者なので、匂いが移ったんだと思います」

「まあ、あんたの個人的な問題に一々口出しするつもりはないけどさ」

階段を上り終えたところにある部屋の前で、綾さんが立ち止まった。

「ここが唯の部屋」と彼女はいった。「今さら引き返すなんていわないでよ?」

「もちろんです」

綾さんは初鹿野の部屋のドアを乱暴に叩いた。

「唯、そこにいるんでしょう?」

反応はなかった。

「事情があって、あたしはこのドアを開けなきゃならないの」彼女はドアを叩き続けた。「今から一分数える。それが過ぎたら、何がなんでもドアを開ける。脅しじゃないよ、本当に開ける。いい？」

やはり返事はなかった。彼女は向こう側に聞こえるように舌打ちした。

「無視してるみたい。家族全員に対してこうなの」

あの初鹿野が家族を無視するなど、にわかには想像しがたかった。彼女が変わり果ててしまったことは昨晩の再会で十分過ぎるほど思い知らされていたが、こうして家族の口から話を聞くとあらためて初鹿野の変貌を認めざるを得なくなる。あの初鹿野が厄介者扱いされる日がくるなんて、誰が予想しただろう？

僕は腕時計で正確に時間を計っていたが、綾さんは五十二秒の時点で「入るよ」といってドアを開けた。強引な人だ、と呆れながら僕も後に続いた。この人なら部屋に鍵がかかっていたとしても無理矢理こじ開けたに違いない。

そこは日中とは思えないほど薄暗く、ひどく熱がこもった不快な空間だった。カーテンは閉め切られ、明かりもついていなかったが、開いたドアから斜めにさし込んだ光が室内を照らした。年頃の女の子の部屋としては珍しい完全な和室で、ほんのりと藺草《いぐさ》の香りが漂っていた。

初鹿野は、こちらに背を向けて布団に横たわっていた。灰色《はいいろ》のスリップからは細い肩が覗いており、薄い綿のショートパンツから白い太腿《ふともも》が伸び、艶《つや》のある黒い髪は白いシーツの上に垂れて緩やかな曲線を描いていた。その後ろ姿だけで、四年前には既に極限に達していたように見えた彼女の美しさが、その後も限界を知らず洗練され続けていたのだとわかった――ただ一点を除いて。

背後でドアが閉まった。振り返って、二人きりにされたことを知った。綾さんがよけいな気を利かせたのだ。

「何の用？」部屋に入ってきたのが綾さんだと思い込んでいる初鹿野は背を向けたままいった。

「僕だよ」

長い沈黙があった。

陽光の遮られた真昼の部屋にいると、小学生の頃の映画鑑賞会《かんしょうかい》の記憶が蘇《よみがえ》った。暗幕を閉め切った体育館で観たその映画の内容は、すっかり忘れてしまった。一切音のないシーンでも常にざらついたノイズが聞こえていたことばかりが印象に残っている。映画が終わり暗幕が開かれて窓から光がさし込んできたとき、見慣れたはずの肋《ろく》木《ぼく》やバスケットゴール、防球ネット、天井に挟まったバレーボールなどといったものが、なぜだか初めて目にするもののように感じられた。まるで暗闇とフィルムが結託して空間の意味を塗り替えてしまったみたいに。

単調だった蟬の鳴き声が、「ぎっ」と詰まったような音を立てて一時的に止んだ。初鹿野が億劫《おっくう》そうに寝返りを打ち、眩《まぶ》しそうに僕を見上げた。体を捻るのに合わせて柔らかそうな髪が頰に落ちかかりスリップの肩紐《かたひも》がずれたが、彼女は気にも留めなかった。

暗くてはっきりとは見えなかったが、依然、彼女の顔には痣があった。

緩慢《かんまん》な動作で起き上がった初鹿野は、病人のように覚束《おぼつか》ない足取りで近づいてきて、互いの体温が伝わってきそうなほどの至近距離で立ち止まった。

彼女はゆっくりと手を伸ばして僕の頰に触れた。ひんやりとした繊細《せんさい》な造りの指が頰から目の下にかけて這い回った。彼女はそこにないものを探しでもするかのように何度も僕の頰を擦った。そうやって擦り続けていればいつか化けの皮が剝《は》がれて、見慣れたあの痣が顔を出すと思ったのかもしれない。初めはそっと撫でるだけだったが、次第に指の力は増していった。

不意に、頰に焼けるような感覚があった。すぐに、彼女が爪《つめ》を立てて引っ搔いたのだとわかった。僕が痛みに顔を歪めると、初鹿野は我に返ったように手を引っ込めた。そして数歩後ずさり、畳に尻餅《しりもち》をついた。カーテンの隙間から漏れる明かりで、彼女の痣のない側の顔が照らされた。その目元に、どこか儚げな雰囲気の泣きぼくろがあるのが見えた。

啜《すす》り上げる音がした。初鹿野が鳶座《とんびずわ》りでうつむき、声を押し殺して泣いていた。僕を傷つけた罪悪感で泣いている、というわけではなさそうだった。

僕は彼女が泣き止むのを気長に待った。他によい方法があるとも思えなかった。引っ掻かれた箇所に指先で触れると、わずかに血がついた。あまりに室内が蒸し暑いので、カーテンは閉めたまま窓を開けた。初鹿野が暗闇を好む気持ちはよくわかった。かつて僕が大雨の中で感じたような心強さを、彼女も暗闇の中に見出《みいだ》しているのだろう。

カーテンが膨《ふく》らみ、涼やかな風が吹き込んできた。机の上にあった分厚いノートがぱらぱらと捲《めく》れた。初鹿野が立ち上がり、風に捲られ続けるノートを閉じて抽斗にしまった。それから彼女は最下段の抽斗を漁《あさ》り、取り出したものを手にして再び僕の前に立った。今度は何をされるのかと身構えたが、彼女の手には絆創膏《ばんそうこう》があった。慎重な手つきで傷口に絆創膏を貼《は》ると、初鹿野は「ごめんなさい」と小声で謝罪した。

今なら話を聞いてもらえる気がした。

「初鹿野が休んだのは、僕のいる教室にはいきたくないからだと聞いた。本当か？」

「本当」と彼女は答えた。ひとしきり泣いて気分が落ち着いたようだった。「知ってるなら、話は早いね。私は陽介くんの顔も見たくないの。帰ってちょうだい」

覚悟してはいたが、あらためて拒絶の言葉を口にされると胸が激しく締めつけられた。

「せめて、理由を聞かせてくれないか？」

「特にないよ。陽介くんは悪くない。私が勝手に君を嫌いになっただけ」

完全に突き放した口調だった。僕はさらにもう一歩踏み込んだ。

「昨日の夜、どうしてあんなことをしようとした？」

彼女はこの問いには答えなかった。

「それのせいか？」と僕は訊いた。

「君がそれを知る必要はないよ」と初鹿野はいった。「……痣が治ってよかったね。それじゃ、さようなら」

最後の一言は刺《とげ》のある言い方ではなかったが、それでも僕の胸はちくりと痛んだ。以前の彼女なら、治るなどという表現は絶対にしなかったはずだ。

僕は初鹿野に背を向けて部屋を出ていきかけた。しかしドアを開けて一歩足を踏み出したところで振り返り、最後の質問をした。

「なあ初鹿野、小学生の頃、君が僕の痣についていってくれたことを覚えてるか?」

初鹿野はゆっくりと首を振った。

「覚えてない」

もっとも神聖な記憶を否定されて打《う》ち拉《ひし》がれた僕は、逃げるように彼女の部屋を出た。外で待っていた綾さんが、「どうだった?」と目で訊いた。僕は力なく首を横に振った。彼女は「だからいったでしょう?」という顔で肩を竦めた。

*

僕と綾さんは縁側に腰かけ、並んで煙草を吸った。

「ひどい痣だったでしょう?」と綾さんがいった。「中学二年生の冬頃、突然できたんだよ。あれのせいで唯はすっかり変わっちゃったんだ。中学三年生の夏だったかな、その辺りから急に学校を理由もなく休むようになってさ。なんとか出席日数ぎりぎりで卒業したはいいけど、第一志望の高校からは一つレベルを落とすことになったみたい。まさに転落だね。人間、いかに容姿が大切かってことだよ」

中学二年生の冬、と僕は頭の中で繰り返した。仮に電話の女が僕が賭けに乗る未来を知っていた（あるいは時間を遡って賭けの担保を回収できた）としても、一年半前というのは初鹿野に痣を植えつける時期としては早過ぎる。痣が僕から彼女へ移動したというのは、考え過ぎだったのかもしれない。

「もう、あいつには関わらない方がいいよ」綾さんは蚊取り線香の缶に煙草を押しつけた。「昔はいい友達だったのかもしれないけど、今のあいつはただの抜け殻だから。これ以上会っても思い出を壊《こわ》されるだけだよ」

それを吸い終わったら帰りなさい、といい残して彼女は去っていった。僕はもう一本煙草を吸った後でそれらを缶に捨て、頰の絆創膏にそっと触れた後、初鹿野の家を去った。

帰り道、住宅街の一角にある電話ボックスから呼び出し音が聞こえた。僕はもはや驚きもせず、ボックスに入って受話器を取った。

「もしもし？」

「さて、あらためて初鹿野さんに会ってみたご感想は？」と女はいった。「あなたは、今の醜い初鹿野さんを愛することができますか？」

僕は叩きつけるように受話器を戻し、電話ボックスを出た。今の醜い初鹿野を愛せるか？　もちろん愛せるさ、と僕は思う。僕は何も、容姿が完璧だからという理由で彼女に恋をしたわけではないんだ。痣のある彼女を僕が愛せるかどうかは問題ではない。痣のない僕を彼女が愛せるかどうかが問題なのだ。

町中のスピーカーから十七時を告げる『人魚の唄』のチャイムが流れたが、夕焼けまでにはまだ一時間以上ありそうだった。杉林の上空をカラスの大群が飛び回り、ひぐらしが涼しげな声で鳴いていた。近所の子供会が、拍子木を叩いて火の用心を呼びかけていた。

考えてみれば今までが異常だったんだ、と僕は思った。僕が初鹿野と近しい仲でいられたのは色々な偶然が重なりに重なった結果であり、本来はこんな風にすげなくあしらわれて当然なのだ。僕などが初鹿野を慰めようとするなんて、思い上がりもはなはだしい。まして彼女をものにしようなど、身の程知らずもいいところだ。

どうやら僕は初鹿野に拒絶されたのがよほど応《こた》えたらしい。自分がどうしようもなく不甲斐ない存在に感じられた。きらめいていた過去は色を変え、本当は何もかも僕の一方的な思い込みで、もともと初鹿野にとって僕は取るに足らない友人の一人だったのではないかとすら思えた。

すっかり自信を喪失してしまった僕は、早くも賭けの勝利を諦め始めていた。——

オーケー、あんたのいいたいことはわかった。痣がなくなった程度では、僕の夢は叶いはしない。そんなに簡単な話ではなかったんだ。これは初めから勝ち目のないゲームだった。あんたはそれを知っていて、僕にこの賭けを持ちかけたんだろう？

しかし、開き直って考え方を変えてみれば、僕は自身の無力さを痛感させられる代わりに大きなチャンスを得たともいえた。目下のところ、学校における僕の立場はそれほど悪くない。今のうちに千草や永洞といったクラスメイトと強固な信頼関係を築いておけば、後に痣が戻ってきてもそのままの関係でいられるかもしれない。そう、痣が消えている今が絶好のチャンスなのだ。

あの女は期日を八月三十一日といっていた。つまり、猶予は残り一ヶ月以上。時間はそれなりに与えられている。

僕は夢想する。痣が戻った僕を変わらず受け入れてくれる千草や永洞の姿を。痣の存在を忘れて無邪気にクラスメイトと笑い合う自身の姿を。

それはそれで、きっと悪くない未来だった。

＊

僕の認識は甘い。電話の女は賭けについて説明する際――おそらくは意図的に――ある重要な点をいい落とした。彼女は僕が賭けに負けた際に科されるペナルティについて、一切触れなかった。そこにまで言及すれば僕が賭けに乗らないとわかっていたのだ。

人魚の話を思い出そう。吾子浜の人魚伝説ではない。八百比丘尼伝説でもない。ハンス・クリスチャン・アンデルセン作の童話の方だ。

挫折や失恋だらけの生涯を送ったアンデルセンは、ことにその初期の作品においては、主人公の死をもって終わるような悲劇を描く傾向が強かった。『人魚姫』はその典型だ。才能を認められず経済的にも困窮を極めていた当時のアンデルセンの目には、死こそが唯一の救いとして映っていたとしても不思議はない。その厭世的《えんせいてき》な美学が作品に反映されていたのだろう。

さて、僕の記憶によると、『人魚姫』の物語はこんな風に始まる。

十五の誕生日、生まれて初めて海の外に出た人魚姫は、そこで船上の王子に恋をする。人魚は人間の前に姿を見せてはいけない存在だったが、人魚姫はどうしても彼を諦め切れない。そこで魔女に頼み、その美しい声と引き換えに人間の姿を手に入れる。魔女は警告する、「もし王子が他の娘と結婚したら、そのときお前は海の泡となって消えるだろう」。

僕が陥った状況は、まさにそれではないか。

そして、童話『人魚姫』はどのような結末を迎えるか？

あえていうまでもあるまい。

第４章　星を見る人

夏休みまでの数日間、僕は賭けのことを忘れて高校生らしく生きることに徹《てっ》した。ある意味で、それは容易な仕事だった。これまで僕が嫌悪の対象としつつも心のどこかで憧れを抱かずにはいられなかった連中のやり方を模倣《もほう》すればいいだけの話だ。母国語から離れた言語ほど文法の存在が意識されやすいのと似た理由で、僕は彼らの間にある不文律について、自分の属していた集団にあった不文律についてよりもずっと多くを知っていた。

僕は千草や永洞、そしてその友人たちと共に行動するようになった。瞬く間に僕はクラスに馴染み、溶け込んでいった。自分の人生がこれまでとはまったく異なるものになっていることを確信するきっかけとなったのは、夏休み直前の球技大会だった。出場競技申し込み時は当日に退院しているかどうかも定かではなかった僕は、ソフトボールの補欠選手に登録されていた。

出番は一試合目に訪れた。四回の表に代打として僕が打席に立ったとき、にわかに観客席が沸いた。何が起きたのだろうと目をやると、どうやらその黄色《きいろ》い声援は僕に向けられているようだった。早くも試合に負けて戻ってきたバレーボールの選手の女の子たちは特に元気がよく、あろうことか声を揃えて僕の名前を呼んでいた。おかげで一球目は思い切り空振りしてしまった。声援はさらに大きくなった。二球目のボール球を見逃し、幾分か冷静さを取り戻した。ストライクゾーンを意識し過ぎた三球目を僕の振るバットが真芯《ましん》で捉え、白球は青空に吸い込まれていった。中学時代、体調を偽って学校を早退しては町唯一のバッティングセンターにいき悪友たちと細々としたものを賭けて勝負したものだったが、あのときの経験が初めて生きたな、と他人事のように思った。

二塁で悠々と立ち止まり、観客席をちらりと振り返る。長打を放ったのは僕が初めてというわけではないのに、決勝点が入ったような大騒ぎが起きていた。話したこともない女の子までもが、僕の名を呼んで手を振っていた。

ここまでくると、用心深い僕もさすがに認めざるを得なくなってきた。

どうやら深町陽介という人間は、このクラスに歓迎されているらしい。

奮闘空しく、一年三組はいずれの競技も二回戦で敗退し、閉会式まですることがなくなった。半数は他クラスの試合を観にいったが、そうしなかった者は教室に残り、祭りの雰囲気を肴《さかな》にして歓談に興じた。僕も永洞ととりとめのない話をしていたが、そのうち試合中に応援してくれた女の子たちが小突き合いながら寄ってきて、僕に色色な質問を浴びせてきた。どこに住んでいるのか、兄弟はいるのか、なぜ三ヶ月も入院していたのか、勉強は大丈夫なのか、部活はどこに入るのか、恋人はいるのか、など。たびたび僕は答えに窮して永洞に助けを求めたが、彼は「質問されてるのは深町だよ」といって取り合ってくれなかった。

人波が去った後、輪の外にいた千草が僕の隣に腰を下ろし、先ほどクラスメイトたちが訊ねていったのとまったく同じ質問をしてきた。僕は数分前の問答を丸々繰り返させられた。千草が席を外したところで永洞に「ミスみなぎさは何がしたかったんだろう?」と訊くと、「さあな。自分が同じ質問をしても答えが同じか確かめたかったのかもしれない」とよくわからない答えが返ってきた。

そのようにして、僕は三ヶ月分の遅れを取り戻していった。夏休みには、美渚夏まつりに向けた千草の朗読練習につきあう約束や、永洞たちと海にいく予定を立てた。まるで他人の夏休みの計画を立てているようだった。初鹿野の欠席は続き、いつでも右前方の席は空席だったが、僕はそのことから連想させられるあれこれを無理矢理意識の外に追いやった。幸い、登校二日目以来笠井に呼び出されることはなく、公衆電話のベルの音が聞こえてくることもなかった。

七月十八日、終業式が終わり、遂に夏休みが始まった。僕の気分は晴れやかだった。

為《な》すべきことを為した上で夏休みを迎えることができたのだ。最善を尽くしたとはいいがたいが、僕としては上出来な方だろう。

無論、心のどこかには、この極端な逆転劇を冷笑している自分もいた。性格にせよ能力にせよ十四歳辺りから変化はないはずなのに、痣が消えた途端こうも持《も》て囃《はや》されてしまうと、結局のところ人間は容姿がすべてなのだと思いたくもなる。だが見方によっては、勉強漬けの入院生活のおかげで自覚のないままに性格が改善されていたと考えることもできるし、単純にこの高校の生徒と僕の相性がよかったと考えることもできる。悲観的になるのは痣が戻ってからでも遅くはない、というのが僕の出した結論だった。

＊

夏休み最初の二日間、僕は久しぶりに一人きりの時間を満喫した。音楽家にとって音楽を聴く時間と音楽を聴かない時間が同じくらい重要な意味を持つように、僕にとって一人で過ごす時間は他者と過ごす時間と同じかそれ以上に重要な意味を持つ。僕はその二日間を、健全な人恋しさを育《はぐく》む期間として使うことにした。

朝早くに下りの列車に乗り込むと、降りる駅も決めず、窓の外を流れていく風景をただひたすら眺めた。一駅ごとに乗客の数は減っていき、年齢層は上がり、聞こえてくる会話の方言がきつくなっていった。最終的にはまったく意味のわからない言葉で話す二人の老人と僕だけが残った。彼らが降りた次の駅で、僕も列車を降りた。

駅舎の前にある案内板を見て、僕はその町が温泉街なのだと知った。いくつもある温泉の中でも、一番規模が小さく料金の安いところに入ることにした。ロビーには電源のついていないクレーンゲームが一つと小さな売店があるだけだった。小振りな露《ろ》天風呂《てんぶろ》に人の姿はなく、僕はそこで一時間ほどゆっくりとくつろいだ。鳥と蟬と水音と青空と入道雲、あとは何もなかった。

そうやって、瞬く間に二日が過ぎていった。翌日には永洞たちと海水浴にいく予定になっており、それは夏休みにおける大きな楽しみの一つだった。海自体は昔から毎日のように見にいっていたが、複数の友人と海水浴場にいくという経験はこれまで一度もなかったのだ。またその翌週には千草の夏まつりに向けた朗読練習につきあう約束をしていた。その先の予定は立っていなかったが、この二つだけでも中学時代の僕の夏休み三年分の楽しみに匹敵するというものだ。

僕は、すっかり浮かれてしまっていたのだと思う。

その夜、自宅の固定電話が鳴ったとき、僕の頭に浮かんだのは千草の顔だった。終業式が終わった日、彼女は別れ際に僕の耳元で数字の羅列《られつ》を囁いた。それは彼女の自宅の電話番号だった。

「急に予定が入らないとも限らないですから……」

そういって彼女は僕から電話番号を聞き出した。だからいずれ連絡してくるかもしれないと期待していたのだ。

完全に警戒を解いていた僕は、電話口からあの女の声が聞こえてきたとき、まるで背後から後頭部を鈍器で殴られたかのような衝撃を覚えた。以前の僕であれば考えられない失態だった。いつでも、どんな角度からの心理的打撃にも耐えられるように警戒網を張り巡らせていたつもりだったが、ここ数週間の穏やかな生活によってすっかりそれが緩んでしまっていたようだ。

「ご無沙汰《ぶさた》しております」事情を知らなければどこかのコールセンターからの電話と勘違いしてしまいそうな通りのよい声で、女はいった。「クラスの女の子からの電話でなくてがっかりしましたか？」

「いや、そろそろあんたから電話がある頃だと思ってたよ」と僕は強がりをいった。

「そうですか」女はくすくす笑った。「調子はどうです？　初鹿野さんとは上手くいっていますか？」

「僕の現状をすべて把握した上で訊いているんだろう？」

「あなた自身がそれをどう捉えているのか知りたいのです」

受話器を握る僕の手に力が入った。

「あんたの認識と一緒さ。初鹿野が僕を好きになってくれる可能性は、万に一つもない。頭の鈍い僕も、ようやく理解したよ。あんたは最初から、僕が勝つ見込みがないと知っていて賭けを持ちかけたんだ」

「心外ですね。私はできる限り公正な賭けにしたつもりだったのですが」

「あんたの言い分はどうだっていい。ちなみに、僕は賭けを降りるつもりはない。勝ち目はないが、ただでは負けない。賭けの期間、僕はこの状況を最大限に利用させてもらう」

「ええ、わかっています。賭けの終わりまでをどう過ごすか、それはあなたの自由です」女は特に気分を害した様子もなく、淡々とそういった。「今のうちに精一杯よい思いをしておく、というのも立派な選択の一つです」

その表現にはどこか引っかかるものがあった。僕がその違和感を明確な言葉に落とし込む前に、女は「ところで」と話を切り替えた。

「大変申し訳ないのですが、あなたに一つ、説明し忘れていたことがあるのです」

「二つ目だろう」と僕は訂正した。「伝え忘れが多いな。何が公正な賭けだ」

女は悪びれもせずに続けた。「賭けの参加費についてです」

「参加費？」

「ポーカーを想像してください」と女は喩《たと》えた。「賭けに勝ったときにあなたが得るものについては既に説明しました。ですが、負けたときに失うものについては説明がまだでした。私は慈善行為であなたの痣を取り除いたのではありません。いわば、賭けの参加料《アンティ》としてその労力を支払ったのです。そして実をいうと、参加費はあなたの側からも既にいただいております」

「覚えがないな」僕は頭を振った。「僕から何を奪った？」

「魂を、ほんの少し」

聞き慣れない言葉に、僕の理解はやや遅れた。

魂？

女は畳みかけるようにいった。

「さらにつけ加えますと、いただいたのは参加費のみで、私が上乗せ《レイズ》した賭け金とはまた別です。差し当たり、チップはポットの上にあります。ですがあなたが賭けに負けたときは、それらすべてを私がいただくことになります」

「すると、どうなる？」

「ハンス・クリスチャン・アンデルセンの『人魚姫』はご存知ですね？」

「人魚姫……」

それと賭けのペナルティにどんな関係があるんだ——とは訊かなかった。

人魚と馴染み深い町で生まれたこともあって、僕は彼女の意図を瞬時に理解できてしまったのだ。

人間の姿を手に入れたにもかかわらず王子と結婚できなかった人魚姫は、最後にどうなった？


泡となって、消えた。


「ご健闘をお祈りしております」

そしていつものように唐突に電話が切られた。

こうして、僕はようやく自分の置かれた立場を理解した。

優先順位が変わっていることに気づいたのは、このときだった。

正直にいおう。再び初鹿野との問題に立ち返らざるを得なくなった僕が真っ先に抱いた感想は、「せっかく永洞や千草と親交を深めようとしていたのに、邪魔が入った」だった。

そう、ここにきて、僕は当初の目的であった初鹿野の存在を疎《うと》ましく思い始めていたのだ。はっきりいって、もうこれ以上初鹿野のことで頭を悩ませたくなかった。いい加減うんざりしていた。

僕は初鹿野のどんなところが好きだったのだろう？　もしかすると僕は、自分に優しくしてくれる人間なら誰でもよかったのかもしれない。現に今、荻上千草という女の子にも少しずつ惹《ひ》かれ始めているではないか。初鹿野を口説《くど》く暇があるなら、永洞やその友人たちと過ごす時間に充《あ》てたいと思っているではないか。

――自己弁護すると、それは生まれて初めて人々からちやほやされて混乱し、すっかり物事の重要性を見極められなくなってしまっていたために起きた錯誤《さくご》だった。指先の痛みを解決するために手首ごと切断してしまうような、馬鹿げた考えだった。そもそも、僕がまともな人間になりたかったのは、初鹿野に見合う男になりたかったからだというのに。いつの間にか、手段が目的と化してしまっていた。自分にとって一番大切なものを見失ってしまっていた。

錯乱状態にある僕だったが、それでも足は初鹿野の宅へと向いていた。永洞たちと親交を深めたかったのは確かだ。しかし、死んでしまえば親交どころではなくなる。僕に選択肢はない。初鹿野の愛を手に入れる他、助かる道はないのだ。

時刻は午後の八時を回っていた。橋を渡っていると、二両編成《へんせい》の列車が下を通過していった。列車が走り去ると束の間の静寂が訪れたが、耳が静けさに慣れてくるにつれて虫の声が少しずつ戻ってきた。

策らしい策は一つもなかった。誰だろうと、今の初鹿野の心を動かすのは不可能なように思えた。彼女は完全に閉じてしまっている。殻にこもり、コミュニケーションの一切を拒否している。人生に絶望し、首を括るところまできている。そんな彼女に、今の僕がどんな言葉をかけてあげられるというのだろう？

そもそも、重要なのは何をいうかではない。誰がいうかだ。小学校時代の僕が「深町くんのその痣、私は素敵だと思う」の言葉に慰められたのは、それが他でもない初鹿野の口から発された言葉だったからだ。他の誰かに同じことをいわれたとしても、気休めにしか聞こえなかっただろう。人に媚《こ》びへつらったり機嫌をとったりする必要がない初鹿野の口から出て、その発言は初めて真実味を帯びたのだ。僕の痣を悪く思っていない人間が、この世界に少なくとも一人はいる――そう彼女は信じさせてくれた。

僕に同じことができるだろうか？　「初鹿野のその痣、僕は素敵だと思う」と僕がいってみたところで、大した効果は期待できそうにない。それ以前に、僕は彼女の痣を本心から素敵だと思っているのだろうか？　あの晩、月明かりに照らされた初鹿野の顔を見て、大切なものを汚された感覚に震えたのは紛れもない事実だ。何より、僕は自分自身の痣の消滅を喜んでいるではないか。痣をなくして初めて充実した人生を得た僕が、どうやって初鹿野の痣を肯定できるというのか。

八方塞がりだった。初鹿野の家にいくのは、自ら死刑宣告を受けにいくようなものだ。仮に彼女と会えたとしても、僕は自分という人間が初鹿野にどれだけ嫌われているかを再確認するだけに終わるだろう。思い出に泥を塗られ、失望させられ、僕は僕の大好きだった女の子が永遠に失われてしまったことを思い知らされるのだ。

足取りは重く、一歩ごとに歩幅は縮まっていった。それでも歩き続けている限り、どれだけ時間がかかろうと、いつかは目的地に着いてしまう。初鹿野宅の戸口の前に立つと、僕は破れかぶれな気持ちで呼び鈴を押した。彼女の両親が出てきたらどんな口実をでっち上げようかとか、チェーン越しに「二度とこないで」といわれたらどうしようかとか、そういった戦略は一切立てていなかった。もうどうにでもなれ、と思った。

玄関に姿を現したのは、初鹿野の姉、綾さんだった。

「ああ、あんたね」彼女は僕のことを覚えていたようだった。「こんな時間に何しにきたの？」

「唯さんと話がしたくて、もう一度きました」

「もうあいつには関わらない方がいい、っていったよね？」

「綾さんは」僕は間髪容《かんはつい》れず切り札を使った。「唯さんが一度自殺を図っていることを知っていますか？」

綾さんの表情に変化はなかった。だが逆に、それが彼女の動揺を物語っていた。しばらくして動揺から回復した彼女は、居直った様子でいった。

「知ってるよ。でも、それがどうしたの？」

後ろ手に戸を閉めると、彼女は右ポケットを探り、それから反対側のポケットを探ってくしゃくしゃの煙草を取り出して吸い始めた。煙草からはつんとする薄荷《はつか》の匂いがした。

「正直いって、あたしはあいつが不登校になろうが自殺しようが知ったことじゃないの。学校にいきたくなければいかなければいい。死にたければ死ねばいい」

「……本気でそんなことを思っているわけではないでしょう？」

「それが、割と本気でそう思ってるんだよね。深町陽介、だったよね？ あんた、出来のよ過ぎる兄弟を持った経験がある？」

「いえ」僕は首を横に振った。

「ああいうのが姉妹にいると、率直にいってね、死にたくなるの。『あんなに妹の方は綺麗なのに、姉の方はずいぶん平凡だな』って陰口は、もう何百回と聞かされた。『姉妹？ へえ、全然似てないね』って苦笑いされるのも珍しいことじゃなかった。親戚《しんせき》は皆あの子ばかり可愛がって、あたしの方には見向きもしなかった。……でもね、月日が経つにつれて、あたしは他人にどう思われようと気にならなくなった。思いたいように思わせておけばいい、って開き直れるようになった」

綾さんは遠い目で肺に溜め込んでいた煙を吐いた。

「それでも、他でもないあたし自身が、常に妹の人生と自分の人生を比較しちゃうって問題は最後まで残った。あたしが一人の男を捕まえようと躍起《やっき》になっている間に、あの子は十人の男にいい寄られてる。たまに格好いい男の人に声をかけられたと思ったら、二言目は『妹さんを紹介してくれ』。あたしが必死に勉強して入学した高校を、あの子は滑り止めに使った。こういうのってどう思う？　たとえ向こうに悪意がなくても、目の前から消えてほしくなるのが普通じゃない？」

「……でも、だからって」僕はなんとか食い下がった。「綾さんは、実の妹が自殺しても構わないというんですか？」

「構わないよ。さぞすっきりするだろうね」彼女は躊躇なしに即答した。「そういうわけだから、ここまで足を運んでもらっておいて悪いけど、帰ってくれない？」

煙草を踏み消した綾さんは、無言で彼女を睨む僕に背を向けてドアに手をかけた。

「第一、あんたに何ができるの？」と彼女は振り向いていった。「前に会わせてやったとき、何もできなかったじゃない。ただあの子の気持ちを掻き乱して帰っていっただけ。それなのに懲《こ》りずにまたやってきたってことは、何か秘策でもあるんだよね？」

沈黙する僕を見て、綾さんは冷笑した。

目の前でドアが閉められた。

石塀に背を預け、七月の夜空を仰いだ。街路灯がすぐそばにあるにもかかわらず、数十の星が確認できた。斜向かいの家からテレビの音声がぼそぼそと聞こえた。どこかからカレーを煮込む匂いが流れてきた。

身を捩《よじ》り、二階の窓を見上げた。初鹿野の部屋の明かりはついていなかった。もう寝てしまったのだろうか。それとも真っ暗な部屋でじっと中空を睨んでいるのだろうか。おそらく後者だろう。根拠はないが、そう思った。

体中の力が抜けてしまっていた。しばらく立ち上がれそうになかった。目を閉じて夏虫の声に耳を傾けているうちに、心地よい疲労感が僕を包み込んだ。

うつらうつらしていると、瞼の裏に、一週間前の光景が蘇った。真っ暗な部屋、開け放たれたドアからさし込む光、僕の頬を撫でる初鹿野、カーテンから漏れる明かりに照らされた初鹿野の顔、鳶座りで泣く初鹿野、引っ掻かれた傷から流れ落ちる血……

僕はそこで映像を止め、数秒巻き戻した。

何かが、引っかかった。

それは小さな違和感だった。オーケストラの中に一つだけ微妙にチューニングが狂った楽器があるような、よほど鋭敏《えいびん》な人間でなければ見逃してしまいそうな些細な違和感だった。

僕はそれにじっと耳を澄ました。

変わっていた箇所は果たして顔の痣だけだっただろうか？　それ以外に奇妙なとこ

ろはなかったか？　小学校時代、彼女がよそ見をしている隙をついて、お前はどれだけの時間その姿に見惚《みと》れていた？　目に焼きつけたその姿と現在の姿に、単なる成長だけでは片づけられない変化は見られないか？

間違い探しを終えたその瞬間、僕は思わず声を上げそうになった。

彼女の目元には、泣きぼくろがあった。

皮膚に関する書物はかなりの量を読んだ。だから、ほくろが後天的にできるのは決して珍しいことではないと僕は知っている。しかし、ほくろがあったのが目元となると、ただの偶然で済ますわけにはいかない。何せ、ある時期の僕と初鹿野にとって、泣きぼくろというのは一種特別な意味を持つしるしだったのだ。

僕は四年前のある日に彼女と交わした会話を思い出した。

「ひどい怪我」

初鹿野は僕の擦り剝いた膝を見てそういった。それは彼女の誇張ではなく、実際にひどい怪我だった。痣を笑った中学生と喧嘩した際に背後から突き飛ばされ転倒したためにできた傷だった。

「痛くないの？」

「痛いよ」

「だったら、もっと痛そうにすればいいのに」

「それで傷の治りが早くなるならそうするけどね」

初鹿野はしゃがみ込んで僕の膝をじっと見つめた。触れられているわけでもないのにくすぐったい感じがして、「あんまりじろじろ見ないでくれ」と僕はいった。

初鹿野は立ち上がり、僕の瞳を覗き込んだ。

「陽介くんは、どんなに辛《つら》いことがあっても顔に出さないんだね」

「駄目かな？」

「駄目だよ」彼女は背伸びして僕の頭を優しく撫でた。「そういうのが癖になると、本当にどうしようもなく困ってるときでさえ、助けを求めることができなくなっちゃうかもしれない」

「それでいいよ」

「いいえ、駄目です」

初鹿野は首を横に振り、僕の両肩に手を置いた。

「だから、こういうのはどうかな。陽介くんが本当に困っていて、けれども素直に助けを求めることができそうになかったら、代わりにある合図を出すの」

「合図？」

初鹿野は筆箱から油性ペンを取り出し、「じっとしてて」というと、僕の目の下に黒い点をつけた。

「これは？」と僕は訊いた。

「泣きぼくろだよ」そういって初鹿野はペンをしまった。「助けがほしいときは、目の下にほくろを描《か》いて。それを見たら、陽介くんが何もいわなくても、すぐに私が助けてあげるから」

「なるほど。救難信号《きゅうなん》か」僕は目の下を擦って苦笑いした。

あのときは、ただの冗談だと思った。実際、それ以後僕たちの間で泣きぼくろが話題にあがることは二度となかったし、実際に僕がその合図を使用することもなかった。だからそんなものの存在は完全に忘れてしまっていた。

もちろん、初鹿野の泣きぼくろがペンで描かれたものではなく、後天的に生じた本物のほくろであるという可能性もある。すべては僕の一方的な勘違いで、四年前の他愛もない冗談など彼女は覚えていないかもしれない。

だが、今はそれでよかった。勘違いで十分だった。意識的にせよ無意識的にせよ、初鹿野は助けを求めている。それも、僕にしか通じない合図を用いて。僕たちが一番精神的に結びついていた頃に編《あ》み出した方法を使って。そう思い込む自由が今の僕にはあった。

先ほどまでの絶望感は霧消《むしょう》していた。まだ、もうしばらくはがんばれそうな気がした。

翌朝、僕は綾さんに揺さぶられて目を覚ました。

「あんた、まさか一晩中ここにいたの？」彼女は呆れ果てた顔でいった。

「そうらしいですね」

「馬鹿じゃないの？」

「そうらしいです」

道路で寝ていたせいで体の節々が悲鳴を上げていたが、不思議と気分は晴れやかだった。僕は立ち上がって伸びをした。目をつむると、朝の風が枝葉を揺らす音と小鳥のさえずりが聞こえた。午前六時くらいだろうか。空気はまだあの重い熱気を孕《はら》んではおらず、ほんのりと温かく肌に心地よかった。

「あなたを待っていたんです。唯さんに近づくには、やっぱり綾さんを丸め込むのが一番手っ取り早いと思いまして」

「まだ諦めてないの？」綾さんは眉を顰めた。

「ええ。唯さんには僕が必要なんです」

「ふうん。それは結構なことだね」彼女は僕の肩を摑んで押し退《の》けた。

「それじゃあ、私、急いでるから」

「いってらっしゃい。ここで帰りを待ってます」

綾さんは僕を睨みつけて「あのね……」と何かをいいかけたが、こちらが視線を逸らさないのを見て、言葉を呑み込んだ。

ややあって、彼女は諦めたように溜め息をついた。

「あたしの睡眠不足は、まだ続いてるんだ」綾さんは血行の悪い目元を指さしていった。「どうしてかっていうと、毎晩二時頃になると、勝手口の方でごそごそと音がするの。どうやらあの子、毎晩家を抜け出してどこかにいってるみたい」

「二時って、深夜のですよね？」

「そう。どこにいってるかは知らないし興味もないけど、ひょっとするとあんたにとっては、その行き先を知ることが、あの子を理解する上で何かの手がかりになるかもしれないね」

それだけいって立ち去ろうとする彼女に、僕は頭を下げた。

「ありがとうございます、綾さん」

「あんたも馬鹿だよね、大人しく別の女を探せばいいのに」彼女は僕の頭に手を置いて髪を掻き回した。「じゃあね、陽ちゃん」

根元の黒ずんだ茶髪を翻《ひるがえ》して綾さんがいってしまうと、僕は大きなあくびをした。さすがに深夜二時までここで待っているわけにもいかない。一度家に帰ってぐっすり眠ろう、と僕は思った。

　自宅に向けて歩き出す。朝の空気の中では、自然と背筋が伸びた。ラジオ体操のスタンプカードを首から下げた子供たちが脇を走り抜けていった。用水路の澄んだ水の中で水草が揺れていた。防災無線から町内放送が流れたが、音割れのせいで何一つ聞き取れなかった。いつものことだ。いつか地《ち》球《きゅう》最後の日がきても、あの放送は相変わらず誰にも聞き取れない声でぼそぼそと世界の終わりを告げるのだろう。

　家では母が一人で朝食をとっていた。父は既に仕事にいっていた。「どこにいってたの？」と母が訊いてきたので、「散歩だよ。妙に早く目が覚めたから」と嘘をついた。彼女はそれで納得したようだった。最低限の食事をとった後、シャワーを浴びて乾いた服に着替え、五時間ばかり眠った。

正午に目を覚ました僕は、永洞に電話をかけた。

「今日の午後の海水浴の件だけど、予定が入った。悪いが五人で楽しんできてくれ」

「残念だな、皆楽しみにしてたのに」永洞は僕の急な連絡に腹を立てることもなく、あっさりと承諾《しょうだく》してくれた。「遅れてもいいから、こられそうなときは連絡してくれ」

「ああ。直前になってすまなかった」

受話器を置くと、そこからは机に向かい、夏期休業中の課題に取りかかった。たとえ命の終わりが目前に迫っているとしても、それがよほど確定的なものでない限り、僕たちは日々の義務を投げ出すわけにはいかない。なんとも馬鹿げた話だ。

日が沈んだところで夕食をとりに居間に下り、キャベツを入れ過ぎたためにほとんど味のしない焼きそばを母の差し向かいに座って食べた。テレビでは野球中継が映っていたが、僕も母も贔屓《ひいき》の球団はなく、守備側がよほどよいプレイを見せない限りは基本的に攻撃側を応援していた。

「好きな球団がある人って、何がきっかけでその球団を好きになるのかしら?」母が湯呑みに焼酎を注ぎ足しながらいった。「その球団に知り合いがいるってわけでもないでしょう?」

「本拠地が近いから、好きな選手がいるから、初めて生で見た球団だったから、単純に強いから、あるいは弱いから。理由は色々あるんじゃないかな」

「なるほど、面白いわね」母は僕の答えに感心した様子だった。「まるで恋する理由みたい。家が近いから、好きな要素があるから、初めて生で見た女の子だったから、頼りになるから、あるいは放っておけないから……」

「初めて生で見た女の子、っていうのだけはよくわからないな」

「そう？　私にはとてもしっくりくるわ」母は得意気に自説を主張した。「つまりね、その女の子に出会った瞬間、彼は生まれて初めて女の子を見たような気分になるの。雷に打たれたような衝撃を受けて、全身を熱い血が駆け巡って、心臓《しんぞう》は自分のものじゃないみたいに暴れて、喉がからからに渇いて……そして恋を知るのよ」

僕は苦笑いした。「湯呑みで酒を呑みながらいう台詞《せりふ》じゃないな」

「でも、かえって説得力があると思わない？　少なくとも、女子高生がお洒落《しゃれ》な喫茶店で夢見がちな瞳をしていうよりはよほど真実味があるわ」

食事を終え食器を洗い終えてもまだ五時間以上の猶予《ゆうよ》があった。僕は自室に戻り、いくつかの基礎的《きそてき》な自重トレーニングを行った後、目覚ましを十二時に鳴るように合わせ、明かりを消して布団に寝転んだ。

そうして、そのときがきた。尾行のため、黒いシャツを着て落ち着いた色のデニムを穿き、履き慣れたスニーカーの靴紐をしっかりと結んだ。さらに変装代わりに黒ぶちの眼鏡をかけた。眼鏡のレンズは埃を被っていて、吐息を吹きかけて何度も拭かなければならなかった。痣を隠せればと中学時代に買ったものだったが、いざかけてみると計算違いで、青黒い痣に眼鏡の色が溶け込んでしまい、かえって痣の面積《めんせき》が広がったように見えることがわかり、それからはずっと机の上に放置していたのだ。幸い、あれから視力に著しい変化はなかったので、レンズの度はよい塩梅《あんばい》だった。

初鹿野の家までは歩いて二十分もかからなかった。家を囲む石塀には南側の正門だけでなく東側にも小さな門があり、勝手口を出た初鹿野はそこから出入りしていると考えられた。僕はあえて門の外側ではなく内側に隠れることにした。そちらの方が街路灯の影に入る上、手頃な灌木《かんぼく》があって身を潜めやすそうだったからだ。

時間はゆっくりと過ぎていった。蒸し暑い夜で、物陰でじっとしていてもうっすらと汗をかいた。おかげで初鹿野を待ち伏せている間に何度も蚊に刺された。足だけで十ヶ所はやられたようだった。加えて間近で数匹のキリギリスが耳障りな音を立てていた。不快で仕方なかったが、場所を移そうにも、上手いこと勝手口から出てきた初鹿野の死角に入れるのはこの位置だけだ。いつ彼女が現れるか知れたものではないので煙草を吸うわけにもいかない。虫除《むしよ》けスプレーをしてくるべきだったな、と後悔した。

綾さんのいった通り、初鹿野は午前二時過ぎになって姿を現した。勝手口が音もなく開き、夢遊病患者めいた雰囲気の女の子が出てきた。服装は前回と似たようなリネンのスリップとスウェット素材のミニスカート、履物《はきもの》は歩きにくそうなフラットサンダルだった。夏の夜中に遠くにいこうと思ったらあんな格好はしない。彼女の目的地は近場にあるようだった。

初鹿野を尾行するのは簡単だった。そもそも自分が誰かに尾《つ》けられていると思わない限り、人はわざわざ背後を確認したり突然駆け出したりはしない。一定距離を保ち足音を殺すだけで十分で、隠れる必要すらなかった。

彼女の行き先の見当がついたとき、僕はそれをどこかしら運命的な巡り合わせだと感じずにはいられなかった。田圃沿いの道を抜け小さなトンネルをいくつか潜った先で、彼女は道路を逸れて斜面を下り始めた。その先には森があるだけだ。

普通の人なら、ここで怖《お》じ気《け》づいたかもしれない。しかし、僕はそのルートに心覚えがあった。

木々を抜けた先にあるのはとうの昔に使われなくなった廃道だった。土や落ち葉の積もったそこを道なりにいくと、道脇に川を跨《また》ぐ赤い橋があった。しかし、それを橋と呼ぶのにはいささか抵抗があった。長く放置されたその橋が錆《さび》だらけなのは当然として、木製の橋板は半分以上が腐り落ちてしまっている。残されたのは十五センチ幅の鉄骨と手摺《てすり》のみで、それらにしても、いつ折れてもおかしくない状態にあった。

初鹿野はその橋を難なく渡っていった。

その先に、彼女の目指す場所があった。

いつか永洞たちと話した、赤い部屋の廃墟だ。

正確には「鱒川旅館《ますかわりょかん》」がその建物の名称だった。今ではすっかり蔦《つた》に覆われた廃墟と化した鱒川旅館は、かつては雰囲気のよい旅館としてそれなりに栄えていたのだが、客の寝煙草が原因の火事で宿泊客が大勢焼け死んだために閉館となった――という噂は美渚町の学生なら一度は聞いたことのある話だ。無論それは暇な学生の考えた戯言《ざれごと》で、実際は営業不振が原因で経営者が夜逃げしただけだ。一時期は不良学生の溜まり場として悪用され、窓ガラスはすべて割られゴミが散乱しスプレーで落書きが施されていたが、建物の劣化が進み、あちこちの床が抜け天井が剝がれ出してからは不良連中さえも寄りつかなくなっていた。

その廃墟を、初鹿野は懐中電灯《かいちゅうでんとう》一つで易々《やすやす》と進んでいった。よほど歩き慣れているに違いない。僕が以前訪れたときよりも建物の劣化は進んでおり、廊下はまだ平気だが、居室はどこも落とし穴だらけになっていた。その中を彼女はまっすぐ階段に向かい、二階、三階と上っていき、三階から上に続く階段に張られた「関係者以外立ち入り禁止」のプレートが吊り下げられた鎖《くさり》を跨いでさらに進んでいった。

家具や剝がれ落ちた天井や布団や畳といったもので取り返しがつかないほど散らかっていた屋内から一転して、屋上は旅館が旅館として機能していた当時の姿を残していた。もし彼女がそこから飛び降りようとしているのでさえなければ、ここが彼女の最終目的地であることは間違いなかった。

屋上の中心には椅子が置いてあった。見覚えのある肘かけ椅子だった。「赤い部屋」にあったものを誰かが持ち出したのかもしれない。初鹿野は椅子に腰かけ、両腕を肘かけに乗せ、脚を伸ばしてくつろいだ姿勢をとった。

そこは彼女の特等席だった。

奇妙な光景だったが、同時にそれはどこか郷愁をそそる光景でもあった。殺風景な屋上の真ん中にぽつんと肘かけ椅子があり、寝間着姿の女の子がそこに座って星を眺めている。何もかもが不自然で、けれども奇妙に調和していた。その脈絡のなさは眠っている間に見る夢のようだった。他人の夢の中に間違って迷い込んだら、きっとこんな気持ちになるのだろう。

諸々の危険に目をつむれば、確かにここは星を見るには最適な場所だった。視界を遮る木々や電線がないし、光害の心配もない。彼女に倣って夜空を仰ぐと、幾百の星星が視界を埋め尽くしていた。住宅街から三十分と歩いていないはずなのに、こうも見え方に違いが出るものなのか。あるいは暗闇の中を歩いてきたせいで、普段は目に映らないささやかな光をも拾えるようになったのか。

僕は塔屋《とうや》の陰から初鹿野の様子を窺っていた。彼女は椅子に座ったまま動かなかった。紙巻き煙草五本分の時間が、ゆったりと流れた。

聞こえてきたのは、唄だった。

最初は、ひどく奥ゆかしい、掠れた小さな声だった。しかし徐々に歌声は大きく、はっきりとしたものに変わっていった。メランコリックで、でもどこか温かみのある旋律の唄だった。

人魚の唄。

美渚町に、その唄を知らない者は一人もいない。

僕は初鹿野の歌に耳を傾けた。澄んだ歌声は木々のざわめきや虫の声同様にさりげなく響き、夏の夜の湿った空気に染み渡っていった。

この夜のことは僕だけの秘密にしておこう、と僕は思った。少なくとも綾さんに対しては初鹿野が夜中に家を抜け出して何をしているのかを伝える義務があったが、僕はそれすら放棄することに決めた。

この美しい秘密を知っているのは、僕一人でいい。

屋上にきてからちょうど一時間が過ぎた頃、初鹿野はおもむろに立ち上がった。しかし、僕は後を追わなかった。彼女が寄り道せず家に帰るだろうという確信があったのだ。

初鹿野が去って一人きりになると、僕は先ほどまで彼女が腰かけていた肘かけ椅子に座り、彼女がそうしていたように星を眺めた。椅子にはまだかすかに初鹿野の温《ぬく》もりが残っている気がした。

翌日もその翌日も、初鹿野は似たような時間帯に家を抜け出して星を見にいった。僕はせめて彼女が怪我をしないようにと日中の間に廃墟を点検して回り、腐った床はあらかじめ踏み抜いて目立った穴を開けておき、いつも彼女が辿る経路からガラス片や尖った木片を取り除いた。

屋内には様々なものが落ちていた。中身の入ったままのペットボトル、割れた食器、引き裂かれたカーテン、染みだらけの布団、壊れた扇風機、画面に穴の開いたテレビ、用途不明のロープ、成人向け雑誌の束、破れた和傘。虫や鼠《ねずみ》の温床《おんしょう》となっていてもおかしくない環境だったが、不思議と蜘蛛《くも》の一匹も見かけなかった。完全に死んだ空間には、虫さえ寄りつかないのかもしれない。

その頃の僕は知る由《よし》もなかったが、その年、一九九四年の夏は、多くの天文家にとって非常に重要な夏だった。一九九三年の三月二十四日、アメリカのカリフォルニア州《しゅう》サンディエゴにあるパロマー天文台で観測を行っていたユージン・シューメーカー、キャロライン・シューメーカーの夫妻、それとデイヴィッド・レヴィの三人は、おとめ座《ざ》に棒状の彗星《すいせい》を発見した。彗星は三人の名に因みシューメーカー・レヴィ第《だい》9彗《すい》星《せい》（SL9）と名づけられた。一九六〇年頃には木星《もくせい》引力圏に捕《ほ》獲《かく》されていたと見られるこの彗星は、一九九二年頃に二十以上の破片に砕けて数珠《じゅず》繋《つな》ぎに連なり、一九九四年の七月十六日から二十二日にかけて木星の南半球に降り注いだ。その後数ヶ月間、地上からは小さな望遠鏡でも木星の表面に生じた衝突痕《こん》が観測できた。この天文学史上初の事件についてはテレビや新聞でも大々的に報道されていたのだが、ニュースに関心のない僕や初鹿野はそんなことはつゆ知らずにいた。

この彗星の出現が、結果として、アマチュア天文家の大きな楽しみを一つ奪うこととなった。SL9の木星への衝突によって、それまで可能性程度にしか捉えられていなかった大規模な地球への天体衝突が現実に起こり得ることが実証されてしまった。これを境に、学術機関による地球近傍天体の監視が強化され、アマチュア天文家が彗星の第一発見者となるのは非常に難しくなった。

　だが仮に初鹿野が自分の見上げている夜空で歴史的事件が起きていることを知っていたとしても、多分、なんとも思わなかっただろう。彼女は天文知識にも天体観測にも天体写真にも、さして興味を持っていなかった。ただ夜空を見上げて、名前も知らない星々をぼんやりと眺めるのが好きなだけだった。

　彼女は今日も夜空を眺める。廃墟の屋上で、星々の声に耳を澄ます。そんな彼女を、僕は陰から見守る。ただそうしているだけでは状況が好転することはないと知りながら、賭けの猶予期間がじりじりと迫っているのを意識しながら、しかしどうしても声をかける気にはなれずにいる。彼女の秘密の楽しみを、邪魔したくなくて。

　そうやって夏休みは、一日、また一日と過ぎていく。

第5章　九番目のほうき星

「クラスメイトと上手くいっていなかったのは確かだね」

その日僕が会った綾さんは、以前会った綾さんとは別人だった。前回は寝起き姿だったので悪いところばかり目についたが、きちんと化粧をしてアイロンのきいた白いシャツを着た彼女は、妹に劣らず魅力的だった。どうすれば自分を魅力的に演出できるかを知り尽くしているのだろう、と僕は思った。その卓越した技術は妹への劣等感によって育てられたに違いない。

「でも、それ以上のことはわからない」そういって綾さんは肩を竦めた。「中学三年生の夏に、突然唯は学校を休みがちになったの。でもそれについて、あの子は何の説明も釈明もしなかった。友達にも、先生にも、家族にも。学校で何があったのか親が訊いても、『何もない』の一点張り。半ば頭のいい子って、あらゆる問題を自分一人で解決する癖がついちゃって、他人を頼れなくなるのかもね」

「確かに、自分の悩みを他人に聞いてもらいたがるような子ではなかったですね」

「そう。だから悪いけど、陽《よう》ちゃんの力にはなれそうにないな。親もあたし以上のことを知っているとは思えないし」

前回会ったときに比べると、綾さんの態度はかなり友好的だった。あのときは寝不足だったというのもあるが、化粧をする前とした後で性格が変わる、というのもあるのかもしれない。自分に自信が持てると他人に優しくする余裕ができるのだ。

僕が再び綾さんのもとを訪れたのには理由があった。毎晩の尾行の中で、僕は現在の初鹿野の些細な仕草《しぐさ》やふるまいに、往時の初鹿野と重なる部分をいくつも発見した。表面的には別人のようだが、根本的なところでは、初鹿野は昔とそれほど変わっていないように思えた。その確信が深まるにつれて、僕の中である疑念が膨らんでいった。

初鹿野の絶望は、痣のみによってもたらされたものなのだろうか？

どうしても僕には、彼女が美醜《びしゅう》の一つで自殺まで考えるような人間だとは思えなかった。何せ彼女は、小学校時代、唯一僕の痣を受け入れてくれたあの初鹿野なのだ。たったの一年半で人間性はそこまで変わるものなのだろうか？　それとも、他人の痣は受け入れられても自分の痣は受け入れられないというだけの話なのだろうか？

もしかすると、彼女の絶望には他にもっと深い理由があるのではないか？　僕たちは目に見えているものに囚《とら》われるあまり、重要なことを見逃しているのではないか？痣のできた時期から彼女が学校を休みがちになった時期までに半年のラグがあるのは、その間にもう一つ、何か重大な出来事が彼女の身に起きたからではないか？

その仮定——彼女の絶望が痣以外の理由に根ざしていること——が正しいとすれば、真実を知ることが初鹿野の心に近づく第一歩だろう。そう考えて、まずは彼女にとって一番身近な存在である綾さんに話を聞きにきたのだった。

「どうしても知りたかったら、唯の同級生に直接当たってみるしかないんじゃない？」押《お》し黙《だま》っていた綾さんが突然口を開いた。「陽ちゃんの高校に、參葉中学出身の子が一人くらいはいるでしょう？　その子なら、唯があんな風になった理由を知ってるかもしれない」

「僕もそれを考えていたところです。ただ、今は夏休みで、皆散り散りなんですよ」

「なら、人のいそうな場所を地道に回ってみたらいいじゃない」

「そうですね……綾さんのいう通りです。人の集まる場所を巡ってみることにします。それと一応、高校にもいってみます。部活中の生徒に話を聞けるかもしれない」

「手伝ってあげたいのは山々なんだけどさ」彼女は腕組みをして下唇を嚙んだ。「あたし、今日は高校時代の友達と会う予定が入ってて……」

綾さんはそこで言葉を止めて、僕の肩越しに目をやった。振り向くと、ルーフキャリアにサーフボードを載せた青い自動車がハザードランプをつけて家の前に停車するところだった。自動車はひどく古い型のもので、ボンネットは日焼けで白くくすみ、エンジンはからからと異音を発していた。

運転席のドアを開けて出てきたのは綾さんと同年代の男だった。背は僕よりも少し高い程度だが、筋肉質で全身浅黒く日焼けしていて、それを誇示するようにタイトなシャツを着ていた。安っぽいネックレスを下げ昆虫の複眼みたいなサングラスをかけた彼は、サンダルを鳴らして歩いてきて綾さんの前に立ち、「やあ」と挨拶をした。それから今気づいたかのような素振りで僕に目をやり、「こいつは?」と綾さんに訊ねた。

「妹の友達」と綾さんは答えた。「それで、あんたは何しにきたの?」

「綾さんが迎えにきてっていったんだろう?」男はサングラスを外し、心外だという顔をした。「今日の午後一時って約束したはずだ」

「その後で、別の約束が入ったってあたしいわなかった?」

「いってない」

「そうだった? とにかく、今日は高校の友達と会う約束があるの。あんたの相手はできないから」

男が口を半開きにして途方に暮れていると、綾さんは「そうだ」と名案を思いついたようにいった。

「これからこの子、聞き込みのために町を回らないといけないんだけどさ、雅史《まさふみ》、手伝ってあげなよ。どうせ暇でしょう？」

「俺が？」雅史と呼ばれた男は声を裏返らせた。

「嫌なら別にいいけど」

彼は肩を落とし、「わかった。やるよ」と力ない声でいった。

男の名前は戸塚《とつか》雅史。二十三歳の大学院生で、綾さんと同じ研究室に所属している。綾さんに気があるらしいが、彼女は彼のアプローチをことごとく無視しているらしい。サーフィンは始めたばかりで、まだ上手く波に乗れないそうだ。

「なあ、どうすりゃ綾さんと親しくなれると思う？」僕の事情などそっちのけで雅史さんは訊いた。「お前、綾さんと仲いいんだろう？」

「いえ。知り合ったばかりです」

「でもお前、ずいぶん気に入られてるみたいじゃねえか」

「たまたまそう見えただけですよ。初めて会ったときなんか、妹のストーカー呼ばわりされました」

「実際、似たようなもんだろう？」

「否定はしません」

「俺たちは似た者同士ってわけだ」雅史さんは感慨深げにいった。「二人とも、初鹿野姓の女に振り回されてる」

民間放送に合わせたカーラジオからは歌謡曲が流れていた。その後束の間ニュースが流れた。ニュースによると、今年の夏は十年に一度の猛暑になるらしかった。話によると、七月十三日までに全国で梅雨が明けてしまったそうだ。その知らせとは対照的に車内はクーラーの効き過ぎで肌寒く、僕は何度も二の腕を擦り体を温めた。最初の目的地である高校に着いて車を降りると、暑さを忘れた体に夏の午後の熱気が襲いかかり、僕は数分としないうちに玉のような汗をかいた。

校内を巡回し、一年生らしき生徒を見つけると手当たり次第に声をかけた。夏休みの校舎にも案外生徒は大勢いて、やっていることも多種多様だった。汗くさい部室でボードゲームに熱中する軟式テニス部員。校庭に大量発生した虫と格闘する野球部員。図書館で人目をはばからず体を触り合って顰蹙《ひんしゅく》を買っているカップル。屋外でクロッキーをし続けたせいでどこの運動部員よりも日焼けした美術部員。カーテンを閉めた空き教室でぼそぼそとお喋りに興じる女の子たち。酸欠で倒れた男を担架に乗せて運ぶ吹奏楽部員。全部で二十人ほどに聞き込みを行ったが、鬱葉中学出身の生徒は一人もいなかった。

「あのお嬢様学校だろう?」とある男はいった。「あんなところからわざわざうちの高校にくるやつなんて、まずいないよ。探す場所を間違えてる」

彼のいう通りだった。僕は校舎を出て車に戻った。シートを倒して漫画雑誌を読んでいた雅史さんに成果がなかったことを伝えると、彼は無関心そうに鼻を鳴らし、雑誌を後部座席に放り込んでエンジンをかけた。

腹が減った、といって雅史さんはラーメン屋の前で車を止めた。僕はこれといって空腹は感じていなかったが、やむなく彼についていった。店内は小蠅《こばえ》が何匹も飛び回っており、出てきたラーメンはインスタントに油を加えただけみたいな味がした。雅史さんは二人分のラーメンセットを注文し、瞬く間にそれらを平らげた。

食事を終えると、彼は僕にあらためて事情を話すように要求した。僕は細部を端折《はしょ》り、かつてよき友人だった初鹿野が不登校になった理由を調べているのだと説明した。

「どうして本人に訊けばいいことをこそこそ調べ回ってるんだ?」と彼は首を傾げた。

「そんな遠回りをして何の得になる?」

「微妙な問題なんです」と僕は答えた。「地図上は最短経路に見えるのに、実は一番遠回りになってしまう経路があるでしょう?」

「何が問題か知らないが、俺だったら直接訊ねるね」

「同感だな」話を聞いていた店の主人がカウンター越しにいった。「女ってのは話したがりだろう？　こっちが聞く姿勢を見せりゃ、訊いてないことまで喋ってくれるぜ」

「どうかしらね」主人のつれ合いがそれに反駁《はんばく》した。「誰だって、絶対に知られたくないことの一つや二つはあるんじゃないかしら？」

「俺はないね」と主人はいい捨てた。

「あら、そうなの？」とつれ合いは訝《いぶか》しげにいった。「たくさんあるものだと思ってたわ」

店を出ると、寂れた商店街や海辺の広場などを順に巡った。スーパーマーケットの屋上駐車場でカップラーメンを頰張る部活帰りの男たちへの聞き込みを終えたところで、遂《つい》に気力が尽きた。今日はここまでにしよう、と僕は思った。

結局、有益な情報は何一つ得られなかった。予期してはいたことだが、參葉中学出身者どころか、その知り合いさえ見つけられなかった。そもそも美渚町の人間であのお嬢様学校の出身者がどれほどいるというのだろう？　現に僕自身、初鹿野以外の參葉中学出身者を知らないじゃないか。

「結局、無駄足だったな」運転席の雅史さんがいった。

「すみません。今日はありがとうございました」

「ああ。俺のこと、綾さんには上手く伝えとけよ」

そのままもときた道を引き返すと思いきや、車は飲屋街でスピードを落とした。訝しむ僕に、雅史さんは「寄り道しようぜ。一日歩き回ったんだし、ちょっとくらいいいじゃねえか」と有無をいわせぬ口調でいい、そのまま居酒屋に連れ込まれた。

ホッケをつつきながら日本酒《にほんしゅ》を飲む雅史さんの隣で、やたらと汁の濃い蕎麦《そば》を啜った。居酒屋に入るのは初めてで、高校生の僕がいたらまずいのではないかと心配したが、店側は酒さえ飲まなければ文句はないようだった。しかし、雅史さんはこの後どうやって帰るつもりなのだろう？　車をここに置いていくのか、車の中で一晩を明かすつもりなのか、はたまた堂々と飲酒運転で帰宅するつもりなのか。いずれにせよ同乗者の僕からすると堪ったものではなかった。

しばらくすると、雅史さんは僕を放って店内を立ち歩き、常連らしき人物たちと楽しげに語らい出した。僕は店の一角にあるテレビを見るともなく見た。心霊《しんれい》番組の特集のようだった。夜になると旧校舎で人の声がする、といったどこにでもある話だ。

カウンターに肘をついて船を漕《こ》いでいると、雅史さんが誰かを連れて戻ってきた。眼鏡をかけた理知的な印象の男性で、片手にはハイボールの入ったグラスを持っていた。

「おい、お前、俺に感謝しろよ」首を赤くしてすっかり酔っぱらった様子の雅史さんがいった。「この人の妹が、參葉中学出身なんだとさ」

「どうも」といって眼鏡の男性は僕に微笑みかけた。「參葉の卒業生に訊きたいことがあるんだって？」

「ええ、そうなんです」と僕は答えた。「ただ、僕が探しているのは、正確にいえば昨年參葉中学を卒業した子でして……」

彼はにやりと口角を上げた。

「僕の妹が、まさにそれなんだ」

雅史さんとはそこで別れることになった。運転席のシートを目一杯倒し、「俺はここで休んでいくから」といって彼は車内からおざなりに手を振った。僕は眼鏡の男性——宿村《やどむら》さんと二十分の距離を歩き、彼の家に着いた。妹を呼びにいった彼は、数分して一人で戻ってきた。

「まだ家に戻ってないみたいだ」と彼は申し訳なさそうにいった。「林にいっているんだろう」

「林？」と僕は訊き返した。「というと、海沿いの防風林ですか？」

「ああ。幽霊を探しにいってるんだと思う」

幽霊？

聞き間違いではなく、確かに宿村さんは「幽霊」といった。だが彼は幽霊についてはそれっきり触れないまま、妹がいると思われる場所を非常にわかりやすく教えてくれた。僕が思い切って「あの、幽霊というのは？」と質問すると、宿村さんは曖昧な笑みを浮かべて「気になるなら本人に訊ねてみるといい」といった。

田圃のあぜ道を進んでいった先に、林の入り口はあった。夜の森や林というのは何度きても慣れるものではない。季節が夏であれば尚更だ。人工的な明かりがないのは当然のこと、生い茂った枝葉はわずかな月明かりさえ遮り、四方からは絶えず正体不明の物音ががさがさと鳴って不安を煽《あお》り立てる。こんな場所にお嬢様学校出身の女の子が一人で入っていったというのは、にわかには信じがたい話だった。

道なりに進んでいくと、分岐点《ぶんきてん》となる広場があった。宿村さんの話では、そこに彼の妹がいるらしかった。暗闇に目を凝らすと、切り株を利用して作られたベンチに小柄な女の子が座っていた。まるで身動きをしないので、最初は切り株の一部かと思った。

「こんばんは」僕は顔も見えない相手に向かっていった。「君のお兄《にい》さんに、ここを教えてもらった。參葉中学校出身の女の子を探していたんだ。訊きたいことがあって」

ややあって、闇の中から返事があった。「それは、ご苦労様」

「初鹿野唯、という女の子のことを知ってるか？」

「初鹿野唯……」彼女はその響きを確かめるように繰り返した。「ええ、知ってるわ。顔に痣のある子でしょう？」

「そう、顔の左側に大きな痣のある子だ」僕は飛び上がりそうになる気持ちを抑えていった。「彼女について訊きたいことがあるんだけど――」

彼女は僕の言葉を遮った。「私が知ってるのはそれだけ。特に交遊はなかったし、クラスも別だったから、初鹿野さんのことは何も知らない。卒業アルバムや集合写真を見て、特徴的な痣だな、って思って名前を確認しただけで、本人とは一度も口をきいたことがないの」

「……そうか」

なるべく失望の色が声に表れないようにしたつもりだったが、宿村さんの妹はそれを敏感に察知した。

「ごめんなさい。誰か知り合いを紹介してあげられればいいんだけど、私、人づきあいが悪いからそういう相手がいないの」

「いや、いいんだ」僕は努めて明るくいった。「それよりも、幽霊の話を聞かせてほしいな」

一息の間をおいて彼女は恨《うら》めしそうにいった。「私の兄がそういったのね？」

「ああ。ここで幽霊を探しているんだろう？」

「……私だって、本気で信じてるわけじゃないわ」拗《す》ねた様子で彼女はいった。「それに、別に幽霊じゃなくたっていいの。ＵＦＯでもＥＳＰでもＵＭＡでもなんでもいい。ようするに私は、世界の亀裂《きれつ》が見つかるのを待ってるのよ」

僕は彼女の言葉について思考を巡らせる。多分それらは、「人智を超えたもの」をいい換えたものなのだろう、と結論する。

「ねえ、おにいさん」彼女は僕をそう呼んだ。年上と勘違いしているのだろう。「私も、人が幽霊と呼ぶものが、脳の見せる幻だということは理解してるつもりだわ。でも、錯覚だろうと幻覚だろうと、私は一向に構わないの。そういう現実の法則の外にある事象をたった一つでも目撃できたら、私の世界は、ちょっとだけ意味を変えると思うから」

それから彼女は束の間考え込むように沈黙した。ようやく僕の目が闇に順応してきて、彼女の姿が見えるようになった。腰の辺りまで伸びた長髪が少し重い印象を与える、人形みたいな女の子だった。

「……つまりね、たった一度でも、おもちゃ箱の中のぬいぐるみが夜中に立ち上がって会話しているのを見たら、それからは、この世に存在するすべてのぬいぐるみが持つ意味が変わってくるでしょう？　私はそういう革命を待っているの」

その後彼女は二十分ほどにわたり様々なたとえ話を用いて幽霊を探す理由を説明し続けた。そして結論らしき部分に達したところで、不意に電源が切れたように黙り込み、ぽつりと呟いた。

「喋り過ぎたわ」

消え入りそうな声だった。暗闇でなければ、彼女の紅潮した頰をはっきりと確認できたはずだ。

「興味深い話だったよ」と僕はいったが、それは決して皮肉ではなかった。

女の子の声はさらにか細くなっていった。「普段話す相手がいないから、機会があるとつい話し過ぎてしまうのね。帰ったら大反省会だわ」

「その気持ちはよくわかるよ」

「嘘よ。あなたにわかるはずがないわ。友達、多そうだもの」

僕は苦笑いしながら、嘘じゃないさ、と心中で呟《つぶや》いた。小学生の頃、僕は主として初鹿野を相手に、その種の失敗を何度もやらかした。長い休日を一人で過ごした後に学校にいき、そこで初鹿野に話しかけられると、僕は訊かれてもいないことまで喋り続け、そして後になって必ず落ち込んだ。僕はなんて恥ずかしいやつなんだろうと自責し、その都度もっと寡黙《かもく》な人間になろうと誓ったものだった。

「ねえ、おにいさん」別れ際、女の子は僕に訊いた。「私は幽霊に会えると思う?」

「大丈夫だよ」僕は振り返って答えた。「この世界は、君が考えているよりもずっと興味深い事象で溢れてる。その点は僕が保証しよう。幽霊を探す過程で、君はそれ以上に不思議なものと出会うかもしれない」

「……ありがとう。おにいさんがそういうなら、もう少しがんばってみるわ」

彼女は多分、笑ったのだと思う。

「夜も遅いから、気をつけて」と言い残し、僕は林を後にした。

帰り道、あぜ道を歩いていると、雑草で覆われた農業用水路の付近でいくつものぼんやりとした緑色の光が瞬いていた。蛍の瞬きほど滑らかな明滅を、僕は知らない。どんな装飾灯も、あれほど自然についたり消えたりすることはできない。

僕はそこに佇《たたず》み、淡い緑の飛び交う幻想的な光景を飽きることなく眺めていた。

宿村さんの妹には話しそびれてしまったが、実をいうと僕も小さな頃、幽霊ではないが、あるものを探して海に通い続けた経験があった。

きっかけは、海で起きたある不可思議な出来事だった。

そのとき僕は七歳で、季節は夏だった。友人と二人で海にきていた僕は、いつものように波打ち際を裸足で歩いていた。当時の僕は波が引いた後の平らになった砂浜を踏みしめて歩くのが好きで、誰かに止められない限り何時間でもそうしていられた。

しかし友人の方はすぐにこの単調な遊びに飽きてしまい、新しい刺激を求め始めた。彼はズボンを膝の上まで捲り、沖に向かって歩き始めた。それを見た僕は、深く考えず彼に続いた。

「どこまでいけるか試してみない？」と彼はいった。「いくら濡れても、今日の天気なら帰りまでには乾くよ」

「面白そうだね」と僕は乗った。

僕たちは両手に持っていたサンダルを砂浜に放り投げ、一歩一歩慎重に海へ踏み込んでいった。

気が遠くなるほどの快晴だった。砂浜はからからに乾き、海面は白くきらめき、地平線の彼方には富嶽三十六景の波みたいな形をした入道雲が浮かんでいた。

水面が胸の辺りまでくると、足下が覚束なくなってきた。しっかりと海底に足の裏をつけていても、波が寄せたり引いたりするたびに足を取られそうになった。そこで引き返しておけばよかったものの、当時まだ海の恐ろしさを知らなかった僕たちは、「本格的に危なくなってきたら引き返せばいいや」と能天気でいた。

その瞬間は唐突に訪れた。海底が突然深さを増し、足が掬われた。まずいと思った頃には既に遅く、たちまち僕の体は沖の方へ引きずり込まれていった。爪先立ちで踏ん張って岸の方に戻ろうとしたが、意志に反して体はどんどん反対方向に流された。口元が水面に触れたとき、恐怖で頭の中が真っ白になった。泳いで岸に戻ろうとしたが、息継ぎをしようとしたときに海水を飲んでしまい、いよいよ僕は恐慌状態に陥った。海で溺れそうになったときは仰向けに浮かんで助けを待つべきだと知ってはいたのだが、実際に溺れるとそんな知識はどこかに吹き飛んでしまう。僕は前後左右もわからないまま水中でもがき、どんどん状況を悪化させていった。

もうこれ以上息が持たない、というところまできたときのことだった。不意に、何、者、か、の、手、が、僕、の、手、首、を、摑、ん、だ。そしてものすごい力で僕を引っ張った。

もちろんそれは恐怖による錯覚で、実際はただ海藻《かいそう》か何かが巻きついただけだったのだろう。しかし当事者がそんな冷静な判断を下せるはずがない。僕は何者かが自分を沖の方へ引きずり込もうとしているに違いないと考え、戦慄した。しかしその手を振り解くだけの力はもう残っていなかった。

生まれて初めて、僕は死を意識した。不思議なことに、死を意識し始めた途端、恐怖や後悔といった感情は薄れていった。そして深い諦めだけが残った。「取り返しがつかない」という言葉の意味が、やっと実感的に理解できた気がした。

僕は自分の手首を摑んでいる相手の正体を知りたくて、向こうの手首を握り返そうとした。しかしそこには何もなかった。いつの間にか、僕の手首を摑んでいた手は消えていた。

直後、僕の指先が海底に触れた。

ゆっくり立ち上がると、そこは水面が腰にも届かない浅瀬だった。カモメの鳴き声が聞こえた。友人が遠くで僕の名前を呼んでいた。さっきまでの恐慌が嘘のように、穏やかな夏の日がそこにあった。僕はしばらくその場に立ち尽くし、さっきまで何者かに握られていた手首を眺めていた。遅れて、じわじわと恐怖が込み上げてきた。動悸が起き、体が震えた。僕は急いで岸に上がり、乾いた砂に寝転んで寒気が引くのを待った。

後日、僕は海で出くわした不可思議な出来事について、こう結論づけた。

あの日、僕は人魚に助けられたのだ。

それからというもの、僕は毎日防波堤に腰かけて海を眺めるようになった。そうしていればいつか、自分を助けてくれた人魚に出会えると思っていたのだろう。あるいは、あの日死の瀬戸際までいって戻ってきたときに味わった強烈な生《せい》の感覚が忘れられなかったのかもしれない。七歳の頃の自分が何を考えていたかなんて忘れてしまった。

くる日もくる日も僕は海に通ったが、当然人魚なんて現れるわけがなかった。次第に当初の目的意識は薄れていき、僕は人魚のことを忘れ、海に通う習慣だけが残った。そう、すっかり忘れていたが——僕が暇さえあれば海を訪れるようになったきっかけは、あの人魚探しの日々だったのだ。

*

翌日、僕は千草と駅前の広場で落ち合った。美渚夏まつりで行う朗読の練習につきあう約束をしていたのだ。待ち合わせ場所に現れた千草は、夏休みの真っ最中だというのに、「長期休暇時の外出には制服を着用する」という校則に馬鹿正直に従っていた。

美渚町は座ってくつろげる店や施設が限られており、その大半は夏休みの学生で埋まっているため、僕らはやむなくスーパーマーケットの休憩所に陣取った。一角では男子高校生たちがジュースを賭けた腕相撲《うでずもう》で盛り上がり、別の一角では女子高生二人がアイスを食べながら恋人の不甲斐なさについて愚痴《ぐち》を漏らしていた。

僕は千草の鈴を転がすような声に耳を澄ましながら、次に聞き込みをするとしたらどこで行うのが適切だろうか、と考えていた。參葉中学校を卒業した生徒が大勢いそうな場所。真っ先に候補に挙がるのは、參葉高等学校だ。そもそも參葉は基本的には中高一貫の女子校で、參葉中学校の卒業生の過半数はそのまま參葉高等学校に進学する。そこにいけば初鹿野を知っている人間に会えるのは確実だった。

最初からそこに聞き込みにいけばよかったのではないかといえばその通りなのだが、何しろ場所が遠い。初鹿野が參葉中学に進学するにあたり、一家で母方の祖父母の家に移っていたのはそのためだ。美渚町からでは列車で一時間以上かかる。ゆえにこちらで済ませられるものならそうしたかったのだが、どうやらそうもいかないらしい。明日は朝から參葉高校に張って聞き込みを行うことになりそうだな、と僕は思った。

　問題は、あのお嬢様学校に僕が一人で乗り込んだら怪しまれはしないかということだった。「參葉の女の子」というブランド目当ての来客が多過ぎるために、參葉高校は他校と比べて部外者に対する目が厳《きび》しく、門前には警備員が常駐しているらしかった。他校の男子高校生など、真っ先に警戒される対象に違いない。

「――それからというもの、娘は、人間とも人魚とも一切の関わりを断ち、ただ海の底に一人静かに佇み、ときおり昔のことなど思い出しては涙を流すのでした」千草が台本から顔を上げた。「……お終《しま》いです。深町くん、ちゃんと聞いてました？」

「ああ、もちろん」上の空だったのを取《と》り繕《つくろ》うように僕は彼女を褒《ほ》め讃《たた》えた。「聴き入ってたんだ。驚いたよ、このままステージに上げてもまったく問題なさそうだ」

「ありがとうございます」千草は肩を揺らして笑った。「でももっと褒めてください」

「お世辞でなく、放送部の誰より綺麗な声をしていると思う」

「何だか浮かれてしまいますね」

「それはよかった」僕は苦笑いした。「ところで、歌の方は練習しなくて大丈夫なのか？」

「練習してます。してますけど、まだ人には聴かせられません。そもそも本番まで人に聴かせる気がありません」

「どうして？」

千草はうつむいて「……恥ずかしいから」と小さくこぼした。

台本を三度通しで読み終えたところで、休憩を挟むことにした。自販機でジュースを買ってテーブルに戻ると、明るい髪色で派手《はで》な格好をした男たちが四人、隣の席で大声で笑い合っていた。

「場所を変えようか」と僕がいうと、千草は「ええ」と頷いた。

僕は彼女の表情を盗み見た。千草が男たちに向ける視線は、おそろしく冷ややかだった。

僕がかつては向こう側の人間だったと知ったら、彼女はどんな風に思うのだろう、と僕は不安を抱いた。やはり今彼らに向けているような冷たい眼差《まなざ》しを僕にも向けるようになるのだろうか。

練習を切り上げ、僕たちは川沿いの小道を散歩した。きらめく川面《かわも》の向こう岸に何気なく目をやると、丘の上を歩く子供たちが夕日の逆光で影絵になっており、鉄塔を結ぶ架線が空に歪んだ五線譜《ごせんふ》を描いていた。

そこでふと、僕の頭に名案が浮かんだ。

「なあ、荻上」僕は立ち止まり、あらたまった態度でいった。

「はい」千草は勢いよく振り返り、満面の笑みを僕に向けた。「なんでしょう？」

「一つ、ちょっと変な話をしてもいいかな？」

「お話？」千草は僕からぎこちなく目を逸らし、胸の上に垂れた毛先を弄った。「ええ、もちろん」

「実をいうと、荻上に、折り入ってお願いがあるんだ」

「えっ……」千草は背筋をぴんと伸ばして表情を硬くした。「お願い、ですか？」

「もし時間があったらでいいんだけれど」

「あります」日時を聞くより早く彼女はそういった。

「ありがとう。実をいうと、明日、參葉高校にいく予定があるんだが、荻上にもついてきてほしいんだ」

「參葉高校？」千草はどこか肩すかしを食らったような表情を浮かべた。「ええと、もちろんおつきあいしますけど……あそこにどのような用事があるんですか？」

そこで僕は事情をかいつまんで話した。クラスメイトの初鹿野唯は小学校時代の友人であること。彼女が精神的にかなり參っているらしいこと（さすがに自殺未遂のことまでは話さなかった）。その原因が定かではないこと。初鹿野の中学時代の同級生なら何か知っているかもしれないということ。

「事情はわかりました」千草は頷いた。「やましい目的ではなかったのですね」

「昨日、美渚町を探し回ったんだが、參葉中学出身の子は一人も見つからなかったんだ。そうなると、參葉高校にいくしかないだろう？」

「ところが、そうでもないんですよ」

千草は真顔でいった。

「どういうことだ？」と僕は訊いた。

「深町くんがわざわざ參葉高校にいく必要はない、ということです」と彼女は答えた。「というのもですね、今、あなたの目の前にいる女の子が、まさにその參葉中学校の卒業生なんです。さらにいえば、初鹿野さんとは三年生のときに同じクラスでした」

いわれてみると、それは不思議な話ではなかった。というより、僕は真っ先に彼女を当たってみるべきだったのだ。僕が知る美渚第一高校の生徒の中で參葉的な要素を持つ人間がいるとしたら、それは他でもない荻上千草ではないか。

「じゃあ、荻上は、初鹿野があんな風に変わってしまった理由を――」

「ええ、知っているかもしれませんね」千草は他人事のようにいった。「ですが、それを教えられるかとなると、話は別です」

僕の反応を横目に窺いつつも、彼女は自身の立場をはっきりと表明した。

「だって、初鹿野さんはそれを肉親の前でさえ喋らなかったんでしょう？　彼女がそうまでして隠し通そうとした秘密を、私がぺらぺらと話すわけにはいきません」

「荻上のいうことは、もっともだと思う」何拍か間を置いてから僕はいった。「ただ、その上で、僕はこう考えているんだ。ひょっとしたら初鹿野にとって、その秘密こそが重荷になっているんじゃないか。誰にもいえない苦しみを一人で抱え続けることが、彼女の心を圧迫する根因となってしまっているんじゃないか、って。だとしたら、僕はそれを知らなきゃならない」

「……少々、意地悪な訊き方になってしまいますけど」千草は声の調子を落としていった。「どうして深町くんが、初鹿野さんのためにそこまでしなければならないんですか？」

「僕も昔、彼女に助けてもらったことがあるんだ。その恩返しをしたいんだよ」

千草はしばしの間うつむいて思案していた。

「わかりました」と彼女は顔を上げていった。「ただし、絶対に他の誰にもいわないでくださいね。可能であれば、本人の前でも知らないふりをしてください」

「わかってる。ありがとう」

「それから」千草は緊張の解けた微笑みを浮かべた。「交換条件として、深町くんには、私のお願いを一つ聞いてもらいます」
「お願い？」
「まだ内容は決めてません。考えておきます」
千草は上機嫌にそういった。

道路沿いの畑に植えられた背の高いひまわりが、西日に照らされて歩道に濃い影を落としていた。一様に西を向くひまわりの黒ずんだ頭花は、無数の大きな目玉のようでもあった。

生長過程において太陽を追いかけ続けるひまわりは、花が開く頃になるとその動きを止め、種が実る頃になるとお辞儀をするように下を向く。光を求めて節操なく動き回った挙げ句、最期は自身の足下を見つめながら朽《く》ち果てるというのはどことなく寓《ぐう》意的《いてき》だ——ひまわりを見るたび、僕はそう思う。

千草は言葉を選ぶようにゆっくりと話し始めた。「もったいぶった言い方をしてしまいましたが、実をいうと、私が持っている情報はほんのわずかです。それは当時のクラスメイトの誰に訊ねても一緒でしょうね。彼女たちも、私と同程度の情報しか持っていないと思います」

　僕は頷き、先を促した。

「深町くんもご存知かもしれませんが、初鹿野さんのあの痣は、中学二年生の冬に突然できたものです。初めは、豆粒大の小さな痣でした。ですがそれは日を追うごとに広がっていき、一ヶ月足らずで今の大きさにまで拡大しました。初鹿野さん本人は、痣のことなどまるで気にしていないようにふるまっていましたが、彼女の変化は、色んな意味で周囲の人間に衝撃をもたらしました。初鹿野さんが気の毒だと同情する人もいれば、好《い》い気味だと笑う人もいましたし、一つの美が損なわれたことを純粋に嘆く人もいました。ただ、全体からいえば、彼女に同情的な人が大半を占めていたと思います」

　そこで千草は一旦喉を休めた。

「大方、深町くんは、痣ができたことをきっかけに、初鹿野さんが女子校に特有の陰湿な苛めにあったのではないかと疑っているのでしょう？」

「……違うのか？」

　彼女は首をゆっくり横に振った。「少なくとも翌年の七月中旬まで、初鹿野さんは痣ができる以前とほぼ変わりなく過ごしていました。それまで、初鹿野さんのあまりに完璧な容姿は――本人に責任はないとはいえ――ある種の近寄りがたさを生んでいたのですが、それが痣によって緩和されたのか、彼女は以前よりもクラスメイトから好かれるようにさえなっていたんです。私の知る範囲では、初鹿野さんが苛められているという話はまったくありませんでした」

　千草の話し方からは、極力主観を交えないように努力しているのが伝わってきた。彼女は初鹿野についてできるだけ客観的な事実を、公正な立場から話そうとしているようだった。本人のいないところでその人の話をすることに後ろめたさを感じているのだろう。

「さて」と彼女は本題を切り出しにかかった。

　どんな痛ましい話が始まるのだろう、と僕は身構えた。

「正確な日付は覚えていませんが、夏休み直前ということは確かですので、おそらく昨年の七月中旬だったと思います。初鹿野さんが、四日続けて学校を休みました。再び登校した彼女の姿を見たとき、私は初鹿野さんが以前の初鹿野さんではなくなってしまったことを知りました」

　私の話はこれで終わりです、と千草はいった。

「その四日の間に何があったのかは誰も知りません。とにかく、その短い期間のうちに、彼女のすべてが変わってしまったんです。友人と口をきかなくなり、人と目を合わせなくなり、夏休みが明けた新学期からは学校を休みがちになりました。しばらく様々な噂や憶測が飛び交いましたが、結局、結論らしい結論は出ませんでした」

話を終えた千草は小さく溜め息をついた。そして途方に暮れている僕に同情の眼差しを向けた。

「すみません、かえって混乱させてしまったみたいですね。……ですが、參葉高校にいって聞き込みを行っても、多分これくらいの情報しか得られないと思います」

「いや、十分だよ。ありがとう」

僕は空を仰いだ。解決の糸口を摑むどころか、謎《なぞ》はかえって深まってしまった。

それから長い間、二人とも押し黙ったまま歩いた。僕は僕で考えることがあったし、千草は千草で何か考え込んでいるようだった。ようやく僕の思考が差し当たりの着地場所を見つけたとき、千草が口を開いた。

「私の家、この辺りですので……」

気づけば辺りは潮の香りが漂っていた。かなり海の近くまできたようだった。

「ここまでで結構です。今日はありがとうございました」千草は深々と頭を下げた。

「思えば相当な距離を歩いたな」僕はきた道を顧《かえり》みた。「荻上、疲れただろう?」

「大丈夫です。好きなんです、歩くの」

「僕も歩くのは好きだ。今日はありがとう。また今度」

「ええ、近いうちに」

千草は僕に背を向けて歩き出した。が、すぐに立ち止まって振り返り、「深町くん」と僕の名を呼んだ。

「今日、深町くんは私に対してとても残酷なことをしたんですよ。気づいてました?」

「残酷なこと?」と僕は訊き返した。

千草はふっと相好《そうごう》を崩した。「冗談ですよ。さようなら」

このとき、僕は彼女のいった〝残酷なこと〟の意味について、深くは考えなかった。内容のない冗談だったのだろうと決めつけ、すぐに忘れてしまった。

僕がもっと冷静で客観的な状態だったら、その意味は容易に読み解けただろう。だが初鹿野のことで頭が一杯だった僕には、誰かが自分に好意を向けているなどという可能性を考慮するだけの余裕はなかった。残酷さというのは自覚的に行使されることは少なく、無自覚な者によって行使されることの方がずっと多いものだ。

＊

僕はその晩も鱒川旅館を訪れた。ここ数日は初鹿野を家の前から尾行するのではなく、廃墟で待ち伏せするという方法をとっていた。小雨《こさめ》の降る夜だろうと風がなく蒸し暑い夜だろうと、彼女の足がその廃墟以外に向くことはなかった。そうとわかれば、危険を冒して尾行をする必要はない。

夜な夜な家を抜け出す目的を知ることで彼女への理解を深めるという当初の目的は、とうに果たされていた。ようするに彼女は廃墟で星を見るのが好きなのだ。それ以上の情報を彼女の行動から引き出そうとしても無駄だ。それなのに、僕はずるずると毎晩の尾行を続けてしまっていた。

僕が今最優先で行うべきは、千草の教えてくれた「空白の四日間」に起きた出来事を知ることだった。そしてそのためには、もはや聞き込みや尾行といった間接的な手段では不十分だった。当時から間近で初鹿野を見ていた千草にとっても、それは得体《えたい》の知れない謎であり続けているのだ。

もはや本人に直接事情を聞く以外の方法は考えられない――そこまで自覚しておきながら僕が最後の一歩を踏み出せなかったのは、ひとえに、廃墟の屋上で星を眺める初鹿野をいつまでも陰から見つめていたかったからだろう。

翌朝、といいたいところだが、実際には正午を過ぎていた。廃墟通いのせいで、近頃は昼に起きて早朝に寝るという夜型の生活リズムが身についてしまっていた。

僕は電話の音で目を覚ました。しんとした家に鳴り響くベルは休日の小学校に響くチャイムのように空《うつ》ろな感じがした。間に合わなくても知ったことではないと悠長に階段を下り、電話に応じた。

聞こえてきたのは公衆電話の女の声ではなかった。

「おう、深町か？」

担任教諭、笠井の声だった。控え目にいって、寝覚めに聞いて心地よい声ではない。無視して布団で眠り続けていればよかった、と後悔した。

「突然で悪いんだが、今から学校にこられるか？」

この日の笠井の態度には、いつもとは違う、どこか一歩引いたような距離感があった。もしかすると、僕に用があるのは笠井ではなく別の誰かなのかもしれない。

「わかりました」僕は寝起きのざらついた声でいった。呼び出される理由を訊きたかったが、笠井の声音にはこちらの質問を受けつけないような雰囲気があった。「支度《したく》ができ次第、すぐに向かいます」

「ああ。それじゃあ」

電話が切られた。僕はシャワーを浴びて制服に着替え、ラジオを聴きながら鮭《しゃけ》の切り身とわかめの味噌汁の朝食をとり、最低限の荷物を持って家を出た。天気予報によればその日も真夏日らしく、刺すような陽光が肌をじりじりと焼いた。

美渚第一高校の職員室はこの炎天下でも省電力の方針をとっているらしく、クーラーのついていない室内は屋外と変わらない暑さだった。教員たちは憔悴《しょうすい》した表情でデスクに向かっており、窓際の観葉植物だけが活《い》き活《い》きとしていた。

笠井は職員室の外で僕を待っていた。案の定、彼は僕を別の教員のもとに連れていった。僕を呼び出したのは、生活指導主任の遠藤《えんどう》だった。真っ黒に日焼けした巨体に坊主頭という特徴的な容姿のために生徒たちから様々な綽名をつけられていたが、それを本人の目の前で口にする者はいなかった。遠藤はごく些細なことでも腹を立てる上にその剣幕《けんまく》がすさまじく、数日に一度は遅刻した生徒を廊下の真ん中で正座させて叱ったり、スカートが少し短いという理由で女の子を怒鳴《どな》りつけて泣かせたりしているらしかった。学校に一人は必要な人材だとは思うが、とにかく関わらずにいられるならそれに越したことはない相手だ。

笠井が自分のデスクに戻っていくと、遠藤は無機物を見るような目つきで僕を眺めた。話は中々始まらなかったが、こちらからの質問は禁物だった。この手の教員は生徒が自主的にものを考えて発言するのを何より嫌うのだ。

「深町陽介」

遠藤はデスクの上の資料に目をやって僕の名を機械的に読み上げた。それから椅子を回転させて僕に向き直り、どすをきかせた声でいった。

「お前、昨日の夜遅く、どこで何をしてた？」

高圧的な教師に詰問されるのはこれが初めてではない。中学時代に何十回と職員室に呼び出される経験をしている僕にとって、遠藤の脅迫めいた態度は懐かしくさえあった。彼が僕を怒鳴りつける準備をしているのは雰囲気でわかった。おそらくそのための証拠もきちんと用意されているのだろう。

遠藤が僕を呼び出したのは廃墟への不法侵入を咎めるためだろう、と僕は踏んでいた。毎晩のように廃墟に忍び込んでいる高校生がいるとでも通報があったのだろうか。

「外を散歩していました」僕はひとまずそう答えた。嘘をつくのは得策ではないが、かといって、向こうにどれほどの情報があるか判明していない時点で洗いざらい自供するのは賢明《けんめい》ではない。

「条例で、保護者同伴のない青少年の十一時以降の外出が禁じられてるのは知ってるよな？」

「知っています」

「じゃあなぜ散歩しようなんて思ったんだ？」

〝散歩したかったから〟以外の回答があるわけないじゃないかといいたかったが、僕はその言葉を呑み込んだ。うつむいて沈黙する他選択肢はない。

「だが、その問題は一旦置いておく」遠藤は僕が思っていたよりも早く沈黙を破った。「ここからが本題だ。お前、山の麓にある廃墟は知ってるな？」

「鱒川旅館のことですか？」

「そうだ。そこで昨晩、火事が起きた」

一瞬、僕の背筋に冷たいものが走った。だが僕は昨晩も初鹿野が廃墟を訪れてから帰るまで一部始終を目撃していることに思い至り、胸を撫で下ろした。おそらく遠藤がいっているのは僕たちが廃墟を出た後の話なのだろう。

「火事といっても、小火《ぼや》が出た程度だがな」と彼は続けた。「しかし一歩間違えば山火事に発展することだってあり得る」

「つまり」僕はさっさと話を進めてしまいたくて口を差し挟んだ。「僕がその犯人ではないかと疑われているんですね？」

遠藤は忌々《いまいま》しそうに僕を睨んだ。「今朝、通報があったらしい。小火が起きた時間帯、付近を若い男が歩いているのを家の窓から目撃した生徒がいたそうだ。そいつは偶然にも、自分の目撃した人物が深町陽介であることを知っていた。そういうわけでお前がここに呼び出された、ってわけだ。……で、あらためて訊くが、お前は昨晩そこで何をしていた？」

僕は返事に窮した。まず、初鹿野の名前を出すのだけは絶対に避けたかった。怪しまれるようなへまを犯したのは僕一人の責任であり、彼女を巻き込むわけにはいかない。だが「廃墟に一人で星を見にいっていた」といって、遠藤がそれを信じてくれるだろうか？　どう考えても疑いを深めるだけだった。

何か上手い逃げ口上はないものかと思案している僕を急かすように遠藤はデスクを拳《こぶし》で叩いた。「どうした？　なぜ説明できないんだ？　何かまずいことでもあるのか？」

こういうとき、嘘は一つに抑えなければならない。経験上、一度に二つ以上嘘をつくとかえって墓穴を掘る結果になりやすい。そして一つだけ嘘をつけるとしたら、それは現場に初鹿野がいたことを隠すために使うべきだった。

僕が「確かに、昨晩僕は……」といいかけたそのとき、横から割って入る者がいた。

「私と星を見にいっていたんです」

僕と遠藤は同時に声のした方を見た。

真っ先に目に飛び込んできたのは、顔の半分を覆う青黒い痣だった。

思えば、昼の明かりの下ではっきりと彼女の痣を見るのは、それが初めてだった。

「放火は、私たちがそこを離れた後に起きたのだと思います」初鹿野は落ち着き払った顔でいった。「目撃証言と小火の時間の前後関係をもう少し詳しく調べればわかるはずです」

なぜ初鹿野がここにいるのだろうという疑問には、彼女が小脇に抱えているB４サイズの茶封筒が答えてくれた。欠席していたために受け取れなかった課題や諸々の配布物を、おそらくは笠井に呼ばれて受け取りにきたのだろう。

初鹿野の制服姿は笠井にとっては見慣れたものだっただろうが、僕の目にはとても新鮮に映った。それは何の変哲もない見慣れたセーラー服のはずなのに、彼女が身にまとうことにより、別次元の存在にまで高められてしまっていた。優れた奏者が楽器の持つ本来の意味までも変容させてしまうように。

遠藤は初鹿野の痣のある辺りをじっとねめつけた後、全身を無遠慮に眺め回し、それからまた痣を注視した。僕も横目に彼女の痣のない側の顔を盗み見た。泣きぼくろは、依然そこにあった。それが本物のほくろなのかどうかは、小さ過ぎて判別がつかなかった。

「名前は？」主導権を握っているのは自分だということを了解させるように、遠藤はペンを取ってくたびれた手帳を開いた。「一年だな。クラスは？」

「初鹿野唯。この人と同じ一年三組です」

遠藤はペンを握りしばらく考え込んでいたが、どうしても「初鹿野」の漢字がわからなかったらしく、片仮名で妥協した。

「条例違反者がもう一人いたわけだ」彼は鼻を鳴らして手帳を閉じた。「それで、何をしにいっていたって？」

「星を見にいっていたんです」と初鹿野は物怖《ものお》じせずにいった。「あの辺りは光害が少ないので、星を見るのに最適なんです」

「星が好きなのか？」

「それ以外のものよりは」

「昨晩は何か面白い動きがあったか？」試すように遠藤が訊いた。

彼女は少し考え込んだ。「午前一時から二時頃、流星群が見えました。一時間に三十個ほどあったと思います」

「ほう。他には？」

「多分、流星群は一つだけではなかったみたいです。放射点が二、三ヶ所あったので」

「多分も糞もあるか。そりゃみずがめ座《ざ》のδ《デルタ》・ι《イオタ》流星群《りゅうせいぐん》、それにやぎ座《ざ》α《アルファ》流星群《りゅうせいぐん》だ」と遠藤はこともなげにいった。「さらに厳密にいえばδとιはそれぞれ北群と南群に分かれる。ＮＤＡ、ＳＤＡ、ＮＩＡ、ＳＩＡ、いずれも輻射点《ふくしゃてん》が近いから区別が難しいが、一応それぞれ別物だ。まあ大半はＳＤＡなんだが」遠藤はなんでもないようにそれらの言葉を口にした。「好きならこれくらい覚えとけ」

僕は思わず二人の顔を交互に見た。どちらも表情はなかったが、心なしか先ほどまで二人の間にあった敵意の火花は収まったように感じられた。

「星を見にいっていたというのは、嘘ではなさそうだな」

遠藤はそういうと、僕たちに興味をなくしたようにデスクに向き直り、追い払うように手を振った。深夜外出の件もお咎めなしのようだった。僕は初鹿野と共に、狐《きつね》につままれたような心持ちで職員室を出た。後ろで遠藤が「すぐにペルセウスがくるから見逃すなよ」というのが聞こえた。

流星群。昨晩初鹿野が椅子を降りて仰向けに寝ていたのには、そういうわけがあったのだ。

しかし、僕はたった一つの流れ星にさえ気づけなかった。夜空よりも見るべきものが、そこにはあったから。

職員室を出ると、僕は何より先に礼をいった。

「助かったよ」

初鹿野は僕に目もくれず歩き始めた。いつもであればここで気後れしてしまうのだが、つい今しがた彼女が僕の窮地を救ってくれたという事実が僕の背中を後押しした。

「僕が尾けてたこと、気づいてたんだな。どうして何もいってこなかったんだ？」

初鹿野は立ち止まり、ものいいたげに口を開きかけたが、結局何もいわずに再び歩み出した。

「尾行なんかして悪かったと思ってる。初鹿野が腹を立てるのも無理はない。でも、公園での一件があったから心配だったんだ。君がまた妙な気を起こすんじゃないかって」

こんな弁解めいたことをいうくらいだったら、素直に「君の歌が好きだ、もう一度あれを聴きたくてずっと後を尾けていた」とでもいった方がまだよかったのだろう。しかし僕は誤解を解いたり誠意を示したりすることばかりに気を取られ、本当に伝えたいことを後回しにしてしまっていた。

できることなら、僕は自分の痣が消えた理由を彼女に説明したかった。小学四年生の頃から、僕は君に強く惹かれていた。この痣さえなければ君に振り向いてもらえるかもしれない、とずっと思っていた。そしたらある日謎の女から電話がかかってきて、『人魚姫』式の賭けを持ちかけられた。痣が消えたのはいいけれど、もし初鹿野と両想いになれなければ、僕は泡となって消えることになる……

やれやれ、そんな荒唐無稽《こうとうむけい》な話を信じる者がどこにいるというのだろう？　仮に信じてもらえたとしても、捉え方によっては、僕が自らを人質《ひとじち》にして好意を強要しているように受け取られかねない。向こうからすれば、僕の言葉は「君に愛されなければ僕は死んでしまう」と同義なのだ。包丁を自らの首に突きつけて愛を求めるような真似《まね》はしたくない。だから僕はそれ以上何もいわず、ただ初鹿野の隣を歩き続けた。

初鹿野は一度僕の方を見て、深い溜め息をついた。そして根負けしたように、ようやく口を開いた。

「……陽介くんが、本心から私のためを思ってくれてるのはわかってる」

彼女はそこで押し黙り、じっくりと時間をかけて次の言葉を選んだ。僕も口を噤み、彼女の次の言葉を辛抱強く待った。

「だから私も、できるだけ誠実に、率直な気持ちをあなたに告げようと思う」

僕を真正面から見据えて、彼女はいった。

「もう、私に構わないで。迷惑なの」

初鹿野は僕に背を向けて駆け出した。僕は咄嗟に彼女の手を摑んで引き止め、最後までとっておいた質問を口にした。

「參葉中学の卒業生から、初鹿野の中学時代について聞いた」

初鹿野の瞳孔が膨らむのがわかった。それほど、互いの顔は間近にあった。

「昨年の夏、空白の四日間、君の身に何が起きたんだ？」

それは危険な賭けだった。本来であれば徐々に彼女の心を解きほぐしていき、あらゆる障害を取り除いた上で慎重に訊くべきことだった。この段階でいきなり核心に踏み込んでしまうと、単に答えがもらえないだけでなく、彼女の警戒心を強めてしまう危険がある。だがもはや手段を選んでいる余裕はなかった。ともあれ、この質問で彼女に揺さぶりをかけられるのは確かなのだ。話をできる間に訊いておく他ないだろう。

果たして、その質問によって彼女は初めて感情らしい感情を見せた。

ただし、最悪の形で。

「……どうして、放っておいてくれないの？」

二、三度の堪えるような瞬《まばた》きの後、溢《こぼ》れたひとしずくが彼女の頬を伝っていった。直後、堰《せき》を切ったように次々と涙が流れ出した。初鹿野は泣き顔を隠すように僕から顔を背け、手のひらで頬を何度も拭った。自分自身でもその涙に戸惑っているようだった。

その姿を見ていると、罪悪感で胸が一杯になった。自分がとんでもなく邪悪な人間になってしまったように感じられた。

僕がどう足掻いても、結局は、彼女を傷つけてしまうだけなのかもしれない。

そう思った。

逃げるように立ち去る初鹿野を、僕は追いかけなかった。初鹿野は僕が本心から彼女を想っていることに気づいてくれていた。彼女は僕が濡れ衣を着せられるのを防ぐために嘘をついてくれた。僕の愛した初鹿野唯は今も彼女の中に生き続けているということが、それではっきりと確信できた。彼女は僕と真正面から向き合い、誠実に接しようと努めてくれた。その上で、僕は拒絶されたのだ。

これ以上僕に何ができるというのだろう？

もしこのとき僕がもう少し落ち着いていたら、涙に濡れた初鹿野の泣きぼくろがかすかに滲んだのを見逃さずに済んだかもしれない。涙を手のひらで拭った後、水性ペンで描かれたほくろがすっかり消えてしまっているのに気づけたかもしれない。

だが、そうはならなかった。僕は彼女の泣き顔を直視することができなかった。五秒以上正視していたら頭がおかしくなりそうだった。動揺のあまり、泣きぼくろのことなんて意識の外に追いやられていた。

廊下に立ち尽くしていた僕に声をかけたのは笠井だった。職員室から出てきた彼は、僕の姿を認めると、「深町」と小さく手招きだけして職員室に引き返していった。

空ろな表情でデスクの前に立った僕に、笠井はいった。

「まず、深町に一つ謝らなきゃならない。お前と初鹿野の小学校時代の関係について裏を取った」

笠井は僕に頭を下げた。

「どうやらお前のいった通り、二人は本当に親友同士だったらしいな。疑って悪かった」

僕はしらけた気分で「いえ」と首を振った。「僕が笠井先生の立場なら、同じように僕を疑っていたと思います」

彼はポケットからハンカチを取り出して額の汗を拭き、それをまたポケットにしまった。口をすぼめて長い溜め息をつくと、彼は腕組みをして背もたれに深く寄りかかった。

「この三週間、俺は深町のことを注意深く観察し続けてきた。どこかでぼろを出すんじゃないかと思って、根気よくお前が本性を現すのを待った。そして結局、こんな結論に至った——少なくとも今の深町は、誰かの強い恨みを買うようなやつじゃない。……さて、こうなると、いよいよわからなくなってくる。なぜ初鹿野は、深町がいる学校にはいきたくないなんてことをいい出したんだ？　それに、仮に深町が嫌いで堪らないとして、だったらさっきはなぜわざわざ遠藤先生との間に割って入って助け舟を出した？　そもそもなぜ參葉中学校出身の初鹿野がこの高校にやってきたんだ？　腑《ふ》に落ちない点が多過ぎる」

彼はその問いの答えを僕に求めているわけではなさそうだった。僕は同調の頷きを返すだけに留めた。

「もっとも、それらの謎が解けたところで、もう手遅れだ。深町、俺はお前に非があるとは、今や微塵《みじん》も思っていない。だが何はどうあれ、これは決定されてしまった事実だ。夏休み明けには皆に伝わることだが、お前には一足早く伝えておこう」

「何のことです？」

「初鹿野は、美渚第一高校を自主退学するそうだ」

　笠井は溜め息まじりにいった。


　笠井の話によれば、今日初鹿野が職員室にいたのは、退学の手続きを行うためだった。僕のくる直前までは彼女の母親もそこにいたらしい。最後の話し合いを終え、あとは別れの挨拶を残すだけになったところで、僕が職員室に現れた。笠井は僕を遠藤に引き合わせるために席を外し、初鹿野は椅子に座って笠井が戻ってくるのを待っていた。用を済ませて戻ってきた笠井との話を終えて職員室を出ていきかけた彼女は、僕が遠藤に詰問されているのを目撃し、逡巡の後、助けに入ったという。

　僕は笠井に礼をいって職員室を出ていき、目的もなく校内を長時間うろついた後、学校を出た。日が沈み切った直後の紺色《こんいろ》の空の下、すべてのものが青褪めていた。頭の中で、初鹿野の泣き顔が浮かんでは消えていった。そのたびに僕の精神は徐々に、しかし確実に磨り減っていった。

追いつこうとすればするほど、彼女がどんどん遠ざかっていくように思えた。そして事実、彼女は遠くにいこうとしていた。行き先は定かではないが、とにかく僕の手の届かないどこかに。

泡となって消えるのはどんな気分だろう、と僕は想像した。痛みはないだろう。ただ自分の存在が希薄《きはく》で不確かなものとなっていって、次第に波に溶けていく。その死に方は、恋に破れ失意の底で死んでいく人間の末路としては、これ以上ないほど適切であるように思えた。

もちろんこの時点ではまだ、僕は自分の死を実感を持って想像できていたわけではない。それができるようになるのは、半月後、実際に泡となって消えていく人間を目撃してからだ。

＊

まっすぐ帰る気になれなくて、僕は自宅の前を素通りした。自然と足は活気のある方角へ向かった。シャッター街を抜けた先にある、居酒屋とスナックが数軒立ち並ぶ長く緩やかな坂を当てもなくぶらついていた僕は、そこで思わぬ人物と再会することとなった。

店先を赤く照らす提灯《ちょうちん》やけばけばしい色の看板を眺めていると、誰かが、僕の名前を呼んだ気がした。しかし周辺に人影はなく、四方を眺め回したが声の主は見当たらなかった。店内から漏れる声を聞き違えたのだろうと結論づけようとしたとき、もう一度、よりはっきりと僕の名が呼ばれるのが聞こえた。

僕は視線を上げ、居酒屋の二階のベランダからこちらを見下ろしている人物と目を合わせた。檜原《ひのはら》は「そこで待ってろ」といって室内に戻っていった。数秒して、二階の部屋の明かりが消えた。僕は歩道の縁石に腰かけて彼が下りてくるのを待った。

檜原裕也《ゆうや》は中学時代の友人だった。卒業式の夜、就職組と進学組とで四対三の喧嘩をしたが、彼もそこにいた人間の一人だ。彼は僕と同じ進学組だった。

檜原の通う美《み》渚南高校《なぎさみなみこうこう》は僕の通う美渚第一高校と比べると幾分か評判の劣る高校だったが、彼がそこを受験したのはひとえに彼が進学先に何のこだわりも持っていなかったからだった。僕など比較にならないほど優れた頭脳を持っている檜原が美渚一高を目指さなかったのは、徒歩で通学できる距離の高校にしかいきたくなかったからだという。

人のことをいえた立場ではないかもしれないが、檜原は妙な男だった。試験の成績は基本的に平均以下なのだが、ときおり何かの当てつけのように全教科九割前後の点数を収めて周りを驚かせた。その都度不正行為が疑われたのはいうまでもないが、二年生の後半にもなると、教員たちも彼の潜在能力のすさまじさを認めるようになっていた。檜原はもったいねえよなあ、と教員たちは口を揃えていっていた。あいつが真面目に勉強すれば、校内一桁なんて余裕だろうに。

内申点の向上や学力の誇示に関心のない檜原が稀に本気を出す理由について、一度だけ本人の口から聞いたことがある。

「俺は皆に不条理を味わってほしいんだよ」彼はよく響く低音でそういった。「自分たちが一ヶ月かけて覚えることを三日で覚えられる人間がいるという事実を痛感してほしいんだ」

「ひょっとして、それは啓蒙《けいもう》のつもりなのか？」と僕は訊いた。

「そうともいえるな。つまり……あるところに、自分のことを美人だと思っている、中程度の頭脳を持った女がいたとする。女はある日、自分とは比べ物にならないほど完璧な美女と出会って、この世に存在するあらゆる鏡を割って回りたくなるほどのショックを受ける。さて、次に女はどんな行動に出る？」

「美女に毒林檎《どくりんご》を食べさせる」

「馬鹿野郎」彼は噴《ふ》き出した。「容姿以外の何かを磨き始めるに決まってるだろう？　正攻法じゃどうやっても敵《かな》わない相手がいるのを痛感させられたんだからな。つまり、俺はそういう形でこの学校の生徒を啓蒙しているんだ」

そういうことを平気でいう男だった。

消去法でいえば、僕が中学時代もっとも親しくしていた相手は檜原ということになるのだろう。僕も檜原も、健全な連中の輪に入る気はさらさらなかったが、かといって不良連中の輪の中こそが自分の居場所だとは到底思えず、どこにいても自分の存在が場違いであるような居心地の悪さを感じていた。自然、二人でつるんで行動する機会は増えていった。

俺はお前に何も求めないからお前も俺に何も求めるな、というのが僕たちの関係における暗黙の了解だった。いわば僕たちは、退屈と不条理に満ちた中学校生活を乗り切るために同盟を結んでいたのであり、互いが互いにとって単なる「都合のよい友人」であることをむしろ喜ばしく思っていた。

「待たせたな」と檜原の声が聞こえて、外壁《がいへき》に沿って設置された古い鉄骨階段を下りてくる彼の姿が見えた。洗《あら》い晒《ざら》したTシャツとカットオフのジーンズに黒いビーチサンダルという軽装だった。間近で顔を合わせるなり、彼はじゃれるように僕の胸を拳の先で小突いた。「久しぶりだな。元気にしてたか？」

「人並みに」僕は彼の拳を摑んで押し返した。

「その顔、どうしたんだ？　痣はどこにいった？　手術でもしたのか？」

「自然消滅したよ。幼児の蒙古斑が成長に従って消えていくみたいに」

彼は腕組みをして首を捻った。「もったいないな。俺は前の方がよかったと思うね。あの痣にはなんというか、ある種の凄《すご》みがあった」

「ありがとう。だが、普通の高校生活を送る上では凄みなんて必要ないんだ」

「普通の高校生活？　お前が？」檜原は胡乱《うろん》な目つきでいった。

「ああ、普通の高校生活さ。四月以降、一度も人を殴っていないし、一度も人に殴られていない。体育館倉庫で酒盛りをしたり、非常階段で煙草を吸うこともない。何一つ過不足のない、穏やかな高校生活を送ってるよ」

もちろんその〝普通〟は、賭けに関わる諸々の事情を抜きにすればの話だ。だがそれを檜原に懇切丁寧《こんせつていねい》に説明しても仕方ない。手の込んだ冗談と思われるのがおちだ。

「あの深町陽介が、一端《いっぱし》に高校生活を謳歌してるとはな」檜原は感心した様子でいった。

「檜原の方は、相変わらずか？」

「どう説明したものかな」彼は難しい表情をした。「それを説明する意味でも、深町に見てもらいたいものがあるんだ。こんな時間にこんな場所をうろついているくらいだから、時間はあるんだろう？」

檜原は僕の返事を聞かずに歩き出した。僕は深く考えずにその後に続いた。

連れていかれたのは、高い塀に囲まれた公団住宅の駐車場だった。彼はそこを目的地だとはいわず抜け道に使うように見せかけていたので、僕は警戒心を解いてしまっていた。駐車場の一角から低い話し声が聞こえていたが、学生が夜中に外でたむろしているのはこの町では珍しくない光景だったので、特に気にも留めなかった。

連中の正体に気づいたときには、もう遅かった。

檜原は僕の背中を突き飛ばし、彼らの前に追いやった。

しゃがみ込んで話していた四人が一斉に僕の方を向き、悪意のこもった笑みを浮かべた。

「こいつらが、どうにかして深町を連れてこいってしつこくてな」そういって檜原はからからと笑った。「まさかお前の方から現れるとは思ってなかったよ。手間が省けた」

僕は首の後ろを掻き、久方ぶりに顔を合わせる面々の名前を思い出そうとした。そう……左から順に、乾《いぬい》、乃木山《のぎやま》、三岳《みたけ》、春江《はるえ》だ。いずれも卒業式の大喧嘩の場にいた就職組の人間だった。

彼らがあの日の喧嘩を根に持っているのは知っていた。春頃はたびたび電話がかかってきたり家の前で待ち伏せされたりしていたらしいのだが、その間僕はずっと病室にいたので彼らと鉢合わせずに済んでいた。四ヶ月が過ぎた今、さすがに怒りも静《しず》まっただろうと思っていた。しかし、どうやら僕は彼らの執念深さを甘く見ていたらしい。

僕が恨まれているのなら同じ進学組である檜原も恨まれていていいはずなのだが、今回は檜原も向こう側の味方らしい。深町を売ればお前は見逃してやる、とでもいわれたのだろう。檜原は自分の身を守るためなら容赦なく仲間を売る人間だ。利己的というより、単純に考え方がドライなのだ。

「卒業式以来か？」一番背の高い男、乃木山がいった。「お前、つい最近まで入院してたらしいじゃん」

「卒業式の夜、乃木山たちと別れた後に事故にあってね。おかげで春休みがずいぶん長引いた」

乃木山が笑うと、他の三人もつられて笑った。この四人の力関係はいまだに変わっていないのだろうな、と僕は思った。中学時代と変わらず、乃木山は他の三人よりも遥《はる》かに強い権限を握っているようだ。

「お前、これから何が起きるかわかってるよな？」と乃木山が訊いた。

「さあな。旧交を温めるべく、六人での酒盛りが始まるとか？」

再び乃木山が笑い、三人が追従した。檜原は無表情にそれを眺めていたが、僕の味方に回る気は微塵もなさそうだった。そういう男だ。自分の問題は自分で解決するしかないようだ。

乃木山は子分の一人から金属バットを受け取り、何度か試し振りした後、僕に詰め寄って顎を突き出した。

「春休みが長引いて嬉しかったんだろ？　俺もお前が入院したって聞いて嬉しかったよ。友達の喜びは俺の喜びでもあるからな。……そこで、こう考えてるんだ。春休みだけじゃなく、夏休みの方も長引かせてやろう、って」

乃木山は悦に入った顔でいった。三人がげらげらと笑った。

僕は状況をあらためて整理した。一対四。檜原の気分次第では、一対五。そのうち一人は金属バットを持っている。どう考えても勝ち目はない。恥を捨てて逃げ去るのが最善だろうが、既に彼らはじりじりと距離を詰めて僕を駐車場の隅に追いやり始めている。

腹を括るしかないみたいだな、と僕は思った。抵抗するだけ抵抗してみて、あとは運を天に任せるか――

そう考えた、矢先の出来事だった。

「深町くん？」

目前に立ちはだかる男たちのせいでその姿は見えなかったが、声の主が誰かは確認するまでもなかった。

ゆっくりと、乃木山が振り返った。

僕の背筋に冷たいものが走った。

制服姿の千草が、不安げな表情で僕を見つめていた。

なぜこんな時間に千草が外を歩いているのだろう？　僕は思考を巡らせた。そして今日が美渚夏まつりに向けての打ち合わせの日だと千草がいっていたことに思い至った。

なんて間の悪さだ。

「なるほど」と乃木山が一人合点《がてん》したようにいった。目敏《めざと》い彼は、僕と千草の関係性を瞬時に理解したようだった。

乃木山は僕に向き直ると、顔全体を歪めてにたりと笑った。これから起きることが楽しみで仕方ない、といった風に。

状況が変わった。迷っている暇はなかった。行動に出るなら一秒でも早い方がいい。向こうの心の準備が整い切っておらず、千草の登場に気を取られている今がチャンスだ。これを逃したらもう次はない。

「おい、あいつもここに連れてこい」と乃木山が他の三人に向けて指示を出したとき、僕は攻勢に転じた。乃木山が再び僕に向き直った瞬間を狙って、僕は彼の鼻先を殴りつけた。仰向けに倒れた彼の手首を踏みつけて緩んだ手からバットを捥《も》ぎ取ると、それを逆手に持ち換え、先端で乃木山の鳩尾《みぞおち》を思い切り突いた。鼻を両手で押さえて悶《もだ》えていた乃木山は、これでいよいよ身動きが取れなくなった。

乃木山の悶《もだ》える声を聞いて、千草のもとへ向かっていた他の三人が後ろで起きた異変にようやく気づいた。慌てて駆け寄ってきた三人が僕に飛びかかろうとしたが、僕はバットを構えて彼らを牽制し、直後もう一度力を込めて乃木山の脛《すね》に振り下ろした。乃木山が悲痛な声を上げた。彼には悪いと思うが、こういった多対一の状況におけるセオリーは集団の頭のみを狙《ねら》って徹底的に打ちのめすことなのだ。頭と成員の間に状況的な落差を作ることで、彼らを醒《さ》めた傍観者に仕立て上げる。そのためには手心など加えていられない。

ふと顔を上げると、千草が表情を失い棒立ちになっていた。「何してるんだ、早くここを離れろ」と告げると、彼女はこくこくと頷いたものの、その場から動こうとはしなかった。あるいは動きたくても動けなかったのかもしれない。

最後の演出として乃木山の脇腹を蹴り飛ばした後、僕は狼狽《ろうばい》して動けずにいる三人の前にバットを放り捨てた。バットはアスファルトにぶつかって大きな音を立てた。それを拾いにいく者がいないのを見届けた上で、僕はその場にしゃがみ込んで深く溜め息をつき、顔を上げた。

「今日はこれくらいで許してくれないか?」

僕は表面的には媚びへつらったような、しかしどこか余裕を感じさせる笑みを作った。もちろんそれはただのはったりだった。残りの三人に一斉に襲いかかられたら、僕に為す術はない。

「どうしても気に入らないなら、そのバットで気が済むまで僕を殴ってくれ。それで痛み分けということにしよう」

三人は顔を見合わせた。それからうずくまって喘《あえ》いでいる乃木山に目をやり、二人がかりで彼を抱え起こすと、僕を一睨みして、無言で去っていった。

最後に、檜原が残った。

「それで、お前はどうする？」僕は彼に訊ねた。

「別に、どうもしないさ」檜原は肩を竦めた。「俺はお前を呼び出せといわれただけだからな。いや、それにしても、今のは中々見物《みもの》だったぜ。相変わらず思い切りがいい」

それから檜原は千草を一瞥《いちべつ》した。千草は僕に声をかけたときの姿勢のまま凍りついてしまっていた。檜原は彼女に歩み寄り、「悪かったな、変なことに巻き込んで」と囁き、乃木山たちとは別方向に立ち去っていった。あの三人があっさりと引き下がってくれたのは、檜原が僕の側に加勢する可能性が捨て切れなかったからかもしれないな、と僕は思った。

彼らの背中が見えなくなったところで、僕は安堵してその場に座り込み目を閉じた。運がよかった。こんなにすべてが思い通りにいったのは奇跡という他ない。次があったら、絶対にこうはいかないだろう。

瞼を開くと、千草が僕を見下ろしていた。

彼女の目にはどんな感情も宿っていなかった。それは僕を見ているというよりも僕を通して背後にある塀の模様を眺めているようでもあった。

「先ほどの方々は？」と彼女は訊いた。

「中学時代の友人だ」と僕は嘘偽りなく答えた。

「中学時代、ですか。……そういえば、私、深町くんの出身校だけは、まだ訊いていませんでしたね」

「君が想像している通りだよ」

不思議と、僕は笑っていた。乾いた笑いだった。

指骨に、乃木山を殴ったときの感触が残っていた。僕は手を握ったり開いたりしてそれを追い払おうとしたが、手の痺《しび》れからくる濁《にご》った高揚感は中々消えそうになかった。

「美渚南中学校。噂に違《たが》わず、ろくでなしだらけの学校だった。僕や、さっきのやつらみたいな」

千草は束の間思案した。「ときどき、町外れの廃墟に南中学の生徒が集まって騒いでいるという話を聞きましたが、あれは深町くんの知り合いですか？」

「知り合いなんてものじゃない。僕もその一人だ」

「そうだったんですか」彼女は特に驚いた様子もなくそういった。「深町くん、悪い人だったんですね」

「ああ、そういうことだ」僕は口の端を上げた。「もう、質問はないな？」

「ええ」と彼女は頷いた。

これで千草にも嫌われたな、と僕は思った。いい逃れはできまい。いくら彼女の身を守るための行動だったとしても、結局のところそれが野蛮な暴力行為であることに違いはないのだ。

しかし、ある意味でこの状況は僕にとって望ましくもあった。僕は荻上千草という女の子に対して、自然な好意のようなものを持っていた。千草の側も、僕に対して同様の種類の好意を持っているように見えた。そしてだからこそ、彼女にはいずれ僕を嫌いになってもらう必要があると思っていたのだ。

八月三十一日――思えばそれは夏休みの最終日だ――それまでに初鹿野の気持ちを動かせなければ、僕は泡となって消える。友人である僕が突然いなくなってしまったら、千草は少なからず悲しい思いをすることになるだろう。僕らの関係が深まれば深まるほど、彼女の約束された痛みはより激しいものとなる。

だったら、別れが訪れる前に、僕が嫌われてしまえばいい。八月三十一日までに千草が僕に愛想を尽かすように立ち回っておけば、その日がきて僕が泡となって消えても、彼女はそれほど傷つかずに済む。「もう少し彼に優しくしてあげればよかった」

くらいは思うかもしれないが、致命傷は避けられるはずだ。

いずれ、彼女を失望させる方法を考えなければ、と思っていた。だから考えようによっては、乃木山たちのおかげで手間が省けたともいえる。これ以上ないくらい明瞭《めいりょう》なやり方で、僕は自身の汚点を千草に見せつけることができた。深町陽介はいかがわしい連中と交流があり、いざとなれば暴力行為も辞さない人間だと実証できた。千草はさぞ僕を軽蔑《けいべつ》したことだろう。これでいい。

僕はポケットから煙草を取り出して、ライターで火をつけた。長い間それを肺に溜め込んだ後で、ゆっくりと吐いた。

千草は一連の行為を、眉一つ動かさずに凝視していた。

煙草が二センチほど灰になった頃、彼女が沈黙を破った。

「あの、そういえば私、まだ例の〝お願い〟を決めていませんでしたね」

僕は目を瞬かせた。「ああ、そんな約束をしていたな」

見損ないました。もう、二度と、私に話しかけないでください。

そんなことをいわれるのだろう、と思っていた。

「深町くん」

千草の表情が、ふっと緩んだ。

「私を、悪人にしてください」

それは七月三十一日の夜の出来事だった。

煙草が唇からこぼれ、アスファルトに落ちて小さな火花が飛んだ。

第6章　僕が電話をかけていた場所

美渚第一高校では八月一日が全校登校日に指定されている。午前九時までに登校、担任教諭から長めの事務連絡があり、その後三十分の休憩を挟む。十時から体育館で校長講話が行われ、それが終わって教室に戻り次第、多くの生徒たちにとっての本命、文化祭に向けた話し合いが始まる。クラスの催し物、係の割り振り、(必要であれば)次の集合日時、すべてこの日のうちに決めなければならない。クラスによっては最終下校時刻である十九時半ぎりぎりまで話し合いが行われることもある。

意外にも、十分足らずで校長の話は切り上げられた。全校生徒の体温がこもった蒸し暑い体育館から教室に引き返し、さあこれから文化祭準備の第一段階が始まるぞ、という期待に満ちた空気が辺りに浸透し始めた頃、僕は身を乗り出して隣席の千草にいった。

「長くなりそうだから、抜け出しちまおう」

千草は数回目を瞬かせた後、にこりと笑った。

「十分後に、校門脇で」

僕にそう耳打ちすると、千草は手早く帰り支度を調え、実に何気ない動作で教室を抜け出した。堂々と出ていったので数人の視線を集めはしたが、その態度がいかにも自然だったので、目撃者は皆それぞれに適当な解釈をして自身を納得させたようだった。

唯一、僕の前の席の永洞が疑問を抱いた。「体調が悪いのかな？　荻上が早退するなんて」

「かもしれない」僕は素知らぬ顔でいった。「あるいは単なるサボタージュかも」

「まさか」永洞は片眉を上げて笑った。「この教室で荻上ほどその単語が似合わないやつはいないよ」

「それもそうだな」

永洞に同意しつつ、僕は鞄を摑んで立ち上がった。

「おいおい、まさか深町も早退するつもりか？」

「体調が悪いんだ」

僕は永洞の追及をかわして教室を抜け出した。教員と鉢合わせにならないよう体育館への渡り廊下に通じる階段を下りていき、内履きを下足箱にしまって外履きを片手に提げ、迂回して職員室前を通らなくて済む経路で校舎外に出た。

先に教室を出たはずの千草だが、校門に着いたのは僕より後だった。僕の姿を認めて小走りに駆けてきた彼女を見て、僕はいい表しようのない違和感を覚えた。だがその正体が何なのかまではわからなかった。

「遅れてすみません」千草が息を弾ませていった。

僕らは並んで歩き出した。校舎の開け放たれた窓のあちこちから漏れるざわめきや笑い声が、辺りにうっすらと聞こえていた。

「私、学校を途中で抜け出すのって、生まれて初めてです」

「どうせ登校日には数えられない日だ。サボった者勝ちさ」

「悪人ですね、深町くんは」千草はおかしくて仕方ないという顔でいった。「それで、私たちはこれからどこへ向かうんでしょう？」

「さあな。まだ考えている最中だ」

「では、どこかに腰を落ち着けて、二人でじっくり考えましょう」

僕たちは目に入ったバスの待合所に入った。屋根つきの古い待合所は、陽光を凌ぎつつ考えごとをするにはもってこいの場所だった。バスがくるのは一、二時間に一度だから乗客と間違われて運転手に迷惑をかける心配もない。トタンの外壁はところどころ破れて穴が開いており、至るところに中古車買取業者や消費者金融の貼り紙やブリキ製の板看板がモザイク画のごとく貼られていた。

椅子に腰かけた千草が足を伸ばすのを見て、僕はようやく先ほどの違和感の正体に気づいた。スカートが、いつもより短いのだ。短いといってもそれは精々膝上十五センチ程度で、美渚一校にはそれくらいのスカート丈《たけ》の女の子はいくらでもいる。だが普段まったくといっていいほど制服を気崩すことのない千草がそうすると、とても新鮮な感じがした。

それまで僕は膝という部位の美醜について深く考えたことがなく、太いか細いかくらいの大まかな分類しかしてこなかった。しかし千草の膝を目にしたその瞬間、考えをあらためざるを得なくなった。膝もまた、目や鼻や口と同じように、極端に個人差の強い身体部位の一つなのだ。たった数ミリの違いが印象に多大な変化をもたらす、繊細かつ雄弁なパーツなのだ。そして千草の膝は、僕がこれまで目にした膝の中ではもっとも理想的な形をしていた。優雅な曲線を描く皺一つない膝は、慎重に焼き上げられた白磁《はくじ》の花瓶を僕に連想させた。

「それも、〝親をがっかりさせる〟ための行動の一環か？」僕は彼女の膝元を見ていった。

「あ、気づいてたんですね」千草は僕の視線を阻むように鞄を膝の上に置いた。「そうなんです。短くしたんですよ。なんだか落ち着きませんね」

「千草がそういう格好をすると、すごく新鮮な感じがする」

「すみません、お見苦しいものを……」千草は鞄を押さえたまま水飲み鳥のようにぺこぺことお辞儀をした。

「自信を持ってくれ。そんなに綺麗な足をしているんだから」

「そうでしょうか……。ありがとうございます」

千草はうつむいたままくすぐったそうに礼をいったが、膝に置いた鞄をどかそうとはしなかった。


「中学三年のある日、ふと気づいたんです。自分という人間が、いくらでも代わりのきく、絵に描いたような凡庸《ぼんよう》な存在だということに」

乃木山たちに襲われた夜、檜原が去った後で、千草は僕にいった——「私を、悪人にしてください」。絶交を告げられるだろうと思い込んでいた僕にとって、その言葉は完全に想定外だった。思わず口から落としてしまった煙草の火を踏み消し、それからもう一度彼女の言葉を頭の中で繰り返した。

悪人にしてください？

「すみません、こんな言い方では伝わりませんよね」千草は目を逸らし、人差し指で頬を掻いた。「順を追って説明します。上手く伝えられるかわかりませんけど……」

そうして彼女はぽつぽつと語り始めた。中学三年生のある日、面接試験の対策講座を受けたのがきっかけで、自分が自分という人間を表現する上で語るべきことを何一つ持っていないと気づき、愕然《がくぜん》としたこと。それまで自分は親のいいなりに生きてきただけで、選択らしい選択は何一つしてこなかったのだと初めて自覚したこと。

「つまるところ、私は空っぽな人間だったんです」千草は既に書かれた文章を読み上げるようにいった。「何一つ失敗していないけれど、何一つ成功していない。色んな人の代わりができるけれど、色んな人に代わりができてしまう。誰にでも好かれるけれど、誰にとっての一番にもなれない。それが荻上千草という人間だったんです」

彼女は目を伏せ、自嘲的に微笑んだ。

「もちろん、それは程度の差こそあれ、大部分の人間に当てはまる話ではあります。ただ、その中でも私の凡庸さは頭一つ抜けていたんです。友人たちが過去の経験について語り始めるとき、私はいつだって、暗に誰かから嘲笑されているような居心地の悪さを覚えていました。ときには糾弾されている気分にさえなりました。『お前はあらゆる意味で人生経験に欠けていて、自分という存在について語るべき事柄を何一つ持たない、空っぽの人間なんだ』って」

当時の苦みを思い返したのか、語尾がわずかに掠れた。

「周りにも、私のような中身のない人間はたくさんいました。かつて私の通っていた參葉中学校は、退屈な人生を送る少女のサンプルを掻き集めたみたいな学校でした。あらかじめ敷《し》かれていたレールの上を進むことに何一つ疑問を持たず、どの車両のどの席に乗るかを決めただけで、さも人生における重要な選択をしたと思い込むような人たちです。ところが、どういうわけか当の彼女たちは、自分たちのことをそれなりに個性的な人間だと考えているようでした。それが私の目には、彼女たちが暗に協定を結び、互いを強引にキャラクタライズして『個性豊かな私たち』を演じているようにしか映りませんでした」

長話に僕が退屈していないかと心配するように、千草は僕の表情をちらちらと覗き込んだ。僕は頷いて関心を示し、続きを促した。

「そういう関係に薄ら寒さを感じて、私は急遽《きゅうきょ》志望校を変更したんです。そこにいけば何かが変わるかもしれない、と思って。もちろん両親には反対されましたが、私は様々な理屈をつけてなんとか彼らを丸め込みました。親の意思にはっきりと逆らったのは、それが初めてでした。ようやく自分自身の人生の一歩目を踏み出せたんだ、と私は胸を躍らせました。……でも結局、美渚第一高校に入学しても、私という人間の根本的な部分は変わりませんでした。どこにでもいる明るい女の子が、どこにでもいる大人しい女の子に変わったというだけのことでした」

そこまでいうと、千草は顔を上げ、僕の目を見据えた。

「ねえ、深町くん。私は枠からはみだしてみたいんです。自分の中に、少しでも人に勝《まさ》っているような点があるとは思いません。だからせめて、人が眉を顰めるようなことをしたり、教員に叱られるようなことをしたり、親ががっかりするようなことをしたりして、予定調和から逃れたいんです。とにかくどんな汚い色でもいいから彩りを加えて、私をより純粋な私にしたいんです。その手伝いをしてくれませんか？」

反論の余地は、いくらでもあった。僕は千草が凡庸な人間だとは一度も思ったことがなかったし、彼女が他人と比べて優れている点などいくらでも挙げられる。第一、本当の意味で個性的な人間などこの世にほんの一握りしかいないし、彼女以上に凡庸な人間である僕にその手伝いを求めるのも間違っている。

しかし僕は喉元まで出かかった言葉を飲み込んだ。それは最大の当事者である千草が考え抜いて出した結論なのだ。彼女と知り合って一ヶ月と経っていない僕が一般論で片づけていい問題ではない。千草が枠をはみ出したいというなら、それが正解なのだ。仮に間違いだったとしても、考え抜いた末に犯した間違いには正解と同じくらいの価値がある。

「わかった。手伝おう」と僕は承諾した。「でも、悪人になる手伝いというのは具体的に何をすればいいんだ？」

しばしの間の後、千草はいった。

「明日、一日だけで構いません。私を、中学時代の友人と思って接してくれませんか？　深町くんがかつて友人たちと過ごしたような不健全な一日を、私も体験してみたいんです」

それくらいならいいだろう、と僕は思った。本心をいえば、千草には枠をはみ出してほしくなどなかったし、二人で過ごす時間が増えるほど別れが辛くなるという懸念もあった。しかし、たった一日くらいなら微々たる差だ。後でいくらでも取り返しがつく。それで彼女の気が晴れるというなら、つきあってあげればいいじゃないか。

ひょっとすると、初めて出会ったときに彼女がいっていた「私の自由のために、祈ってください」というのはこのことだったのかもしれない。

「何か、思いつきましたか？」膝の上に置いていた鞄をそっと脇にどけて、千草はいった。

僕は首を振った。「いざ悪いことをしようって考えると、思いつかないものだな」

「では、状況を限定しましょう」千草はすっと人差し指を立てた。「深町くんは中学時代、友人と学校を無断で抜け出したことはありますか？」

「数え切れないほど」

「その中で、印象に残っている日はありませんか？」

僕は記憶を遡った。

「ああ……そういえば、中二の夏、仮病を使って五限に早退したことがあったな。友人とそれぞれ時間差をつけて早退して、今日みたいに学校の外で落ち合った」

千草は即座に食いついた。「その日のこと、もう少し詳しく教えてください」

「人目を盗んで自販機で煙草を買って、それから、檜原の部屋で酒盛りをしたな。あ、檜原っていうのは、昨日の夜、唯一荻上に謝罪していった男のことだ。あいつの家は居酒屋だったから、酒はいくらでもあった。その頃は飲み方もよくわかっていなくて、ペースも考えずに飲んでいたら二人ともあっという間に酔って、二人で交互にトイレで吐いた記憶がある」

「いいなあ、楽しそうですね」

千草は微笑ましそうに目を細め、それからふと思いついたようにいった。

「それをしましょう」

「どういうことだ？」と僕は訊いた。

「私の家で酒盛りをしましょう、ということです」

「本気でいってるのか？」

「はい。大丈夫です。私の家、お酒なら一杯あると思いますので」

千草は腰を上げ、待合所の外の日向《ひなた》にひょいと飛び出した。そして振り返って僕に小さく手招きした。

「いきましょう、深町くん」


長く曲がりくねった坂を下っていくと、次第に潮の匂いが強まってきた。千草の家は、入り組んだ坂道の住宅街にあった。

昨日彼女を送り届けたときにも思ったが、それは典型的な小金持ちの家だった。煉《れん》瓦作《がづく》り風の家、刈り整えられた芝生《しばふ》、磨き上げられた高級車、様々な工具の揃ったガレージ、趣味のよい小物の並ぶ玄関周り。いずれも平均点以上なのだが、中途半端に金がかかっている分、逆に家主がどこに妥協点を設けているかがくっきりと浮かび上がってしまっている。そういう家だった。無論、僕の家から見れば相当の金持ちであることに違いはないのだが。

　千草に連れられて、僕は裏玄関から家の中に入った。斜面に建てられたその家は一階と二階の両方に玄関があり、広い道路に面した二階の方が表玄関として使用され、細い歩道に面した一階の裏玄関は滅多に使われていないようだった。それは千草の家族に気づかれないよう忍び込むにはうってつけの構造といえた。

　廊下の明かりはついておらず、僕は千草の背中だけを頼りに、物音を立てないよう細心の注意を払って廊下を進んだ。どうやら一階と二階の関係が逆転しているのは玄関に限った話ではなく、リビングやキッチンなどは二階、寝室や子供部屋は一階にあるらしかった。たったそれだけの違いなのだが、僕は一方通行の道を逆走しているようなひどく落ち着かない気分にさせられた。

　千草の部屋に入り、ドアを閉めて鍵をかけたところで、僕は深く溜め息をついた。部屋は冷房が効いていて心地がよかった。「おかけください」といわれて、僕はコーヒーテーブルの前にある椅子に座った。テーブルや椅子を始め、部屋はダークブラウンを基調とした家具で統一してあった。十六歳の女の子が住む空間としてはいささか落ち着き過ぎかもしれない。それとも最近の女の子の部屋は皆こうなのだろうか？

「男の子を内緒で家に連れ込んでしまいました」と千草はいった。「親に知られたら大変です」

「そうならないように願うよ」

「しかも、連れ込んだ相手は元悪人の深町くんですからね」

「一応訊いておくけど、見つかったらどうなるんだ？」

「どうもなりませんよ。ただ、ものすごく気まずくなるだけです。きっと、父も母も、私とどう接すればよいのかわからなくなるのではないでしょうか。そういう展開も悪くはないですね」

「まあ、調和のとれ過ぎた家族には、そういう混乱がときには必要かもしれない」

「そうです。だから深町くんは、何にも心配しなくていいんです」

千草はキャビネットの扉を開けて真っ白な猪口《ちよこ》を二つ取り出し、さらに下の抽斗《ひきだし》からマリンブルーの三合瓶を取り出した。人魚の姿が描かれたラベルには淡白な筆字で「人魚の涙」とある。美渚町民なら誰でも知っている地酒だ。

「私の家、なぜか頻繁にお酒をもらうんですけど、誰も飲まないからどんどん溜まっていくんですよ。キッチンにあと六本同じものがあります。ほしかったらどうぞ」

「ありがとう。でも遠慮しておくよ」

互いの猪口に酒を注ぐと、僕らはどちらからともなくコーヒーテーブルの前に正座して小声で乾杯した。猪口の中身を一思いに飲み込んだ千草は眉根を寄せ、「変な味ですね」といいつつも瓶から二杯目を注いだ。

「こんなに綺麗なんだから、もっと澄んだ味がすると思ってました」

「ああ、意外と辛口《からくち》だな」僕も一杯目を飲み干して二杯目を注いだ。「さて、未成年飲酒に手を染めた気分は？」

千草は口に運ぶ途中だった猪口を胸の前で止め、静かに微笑んだ。

「とてもどきどきしています」

「それはよかった」

「……あ、そうだ。ちょっと待っててください」

そういうと、千草は再びキャビネットの抽斗を開け、ガラスの小瓶を取り出してコーヒーテーブルに置いた。

「灰皿に使ってください。煙草、吸うんでしょう？」

「ありがとう。でも別に、そこまで頻繁に吸うわけじゃない。ここで吸ったら部屋に臭いもつくだろうし……」

「吸ってください。私も吸ってみたいんです」

僕は鞄から煙草を取り出し、二本抜いて片方を千草に手渡した。

「わかば」千草がパッケージの文字を読み上げた。

「三級品だよ。まずいけど安いんだ」

ライターの火を千草の前にかざすと、彼女はおそるおそるフィルターを咥えて先端を火に近づけた。「息を吸い込んで」と指示すると、煙草の巻き紙がほのかに赤く光った。

煙を吸い込んだ千草は、案の定噎せた。涙目でけほけほと咳き込んだ後、指に挟んでいる煙草を恨めしそうに睨んだ。そして二口目を吸い込んで、今度は噎せずにゆっくりと煙を吐き出した。僕も自分の分に火をつけ、二人で黙々と煙草を吸った。

「やっと、わかった気がします」

僕の真似してとんとんと瓶の縁に煙草をぶつけて灰を落としながら千草がいった。

「何がわかったんだ？」

「ときどき深町くんからする匂いの元は、これだったんですね」

「そんなに煙草臭いのか？」僕は思わずシャツの襟を嗅いだ。

千草はくすくす笑った。「いえ、本当にかすかな匂いですよ。普通は気づきません」

煙草を吸い終えると、僕たちは再び猪口に酒を注いだ。

「無理にたくさん飲む必要はないんだぞ？」三杯目を即座に飲み干した千草を見て僕

はいった。

「ええ。でも、どうせ飲むなら、一度酔っぱらってみたいじゃないですか」

千草はそういって四杯目を注いだ。

網戸の外でアブラゼミが鳴いていた。外の明るさのせいで、部屋の中は相対的に薄暗く感じられた。八月らしい、気だるい夏の午後だった。僕らはとりとめのない話をしながら、ゆっくりと酒を飲み続けた。

どうやら千草は見かけによらず酒に強いらしかった。彼女のペースに合わせて飲んでいたら、僕の方が先に意識に靄《もや》がかかり始めた。

「どうしました？　深町くん、眠いんですか？」

アルコールの影響か、妙に上機嫌になった千草が僕に訊いた。正面にいたはずの彼女は、気づけば僕の隣にいた。あるいは移動したのは僕の方かもしれない。記憶の前後関係が曖昧だった。

「少し、酔ったみたいだ」と僕はいった。

「私もそうかもしれません。何だか変に楽しいです」千草は目を細めて舌足らずにいった。「深町くん深町くん。普通、人は酔っ払うとどうなるんですか？」

「人によるさ。極端に変わる人もいるし、まったく変わらない人もいる。笑い上戸《わらいじょうご》の人もいれば、泣き上戸の人もいる。酒癖ってやつだな。突然説教を始める人もいれば、見違えたように優しくなる人もいる。気持ちよさそうに眠り込む人もいれば、喧嘩っ早くなる人もいるし、人にべたべた触りたがる人もいて……」

「じゃあ私、それです」

訊き返すよりも早く、千草は糸の切れた人形のように倒れてきて僕の肩にもたれかかった。

「これは？」僕は動揺を押し隠して訊いた。

「酒癖です」完全には照れを捨て切れていない声で彼女は答えた。「べたべた触りたがってるんです」

「あのな、荻上。酒癖っていうのは自分で決めるものじゃないんだ」

「大丈夫です。後で謝りますから」

よくわからない理屈で丸め込まれた僕は、わずかに上昇した体温をごまかそうとして新たな煙草に火をつけた。

「深町くんは、酔っぱらっても変化しない人なんですか？」と千草が訊いた。

「わからない。これまで飲み過ぎて吐いたことはあっても、ちゃんと酔っ払ったことはなかった」

「泣いたり怒ったりしていいんですよ。べたべたされても、私、気にしませんから。……あ、説教はちょっと嫌ですけど」

「荻上は酔うとお喋りになるみたいだな」

僕はそういって彼女の言葉を茶化した。千草は不満そうに頭をぐりぐりと僕の肩に擦りつけた。

そのうち、段々と瞼が重くなってきた。どうやら僕は酔うと眠くなる性質らしいなと他人事のように感心しながら、僕は午後のまどろみの中に吸い込まれていった。

次に僕が瞼を開いたとき、既に日は落ちかけていて、部屋はかなり薄暗くなっていた。猪口の酒が乾いてつんとした臭いを発していた。

頬に、ざらついた感触があった。それからすぐに、自分が寝ているのが千草の部屋だと思い出した。慌てて跳ね起きると、耳元で「わっ」と小さな悲鳴が聞こえた。

「お、おはようございます」千草がぎこちない笑みを浮かべていった。

四、五の思考過程を経て、僕は自分がどのような状況にあったかを理解した。

どうやら僕は、千草の腿を枕にして眠っていたらしかった。

「眠ってたのか」僕は狼狽を悟られないよう瞼を擦りながらいった。「起こしてくれればよかったのに」

千草は小さく咳払いをした。「……一応いっておきますけど、深町くんが私の膝に倒れ込んできたんですよ」

「僕が？」僕は自分が眠りについたときの状況を思い起こそうとしたが、どこかでぷつりと記憶が途切れてしまっていた。「悪かった。足、痺れてないか？」

「大丈夫です。深町くん、お酒弱いんですね」慌てている僕を見て、千草が頬を緩めた。

「荻上が強過ぎるんだよ」

僕は時計を見上げた。針は午後の七時半を指していた。

千草がコーヒーテーブルの上の小瓶に視線を貼りつけたままいった。「深町くん、その、さっきはすみませんでした」

「いや、こっちこそすまない」

互いに頭を下げた後、なんともいえない沈黙が続いた。僕は沈黙を埋めるために煙草に火をつけようとしたが、直前で思い直してそれをポケットにしまった。

「そろそろ、外の空気を吸いにいこう」

「いいですね。そうしましょう」

助かった、という顔で千草が同意した。

夜の住宅街は様々な匂いで溢れていた。夜風に乗って、魚や漬け物、味噌汁、肉じゃがといった夕飯の匂いや、風呂場の窓から漏れる石鹸の匂いが次々に鼻腔《びこう》を刺激した。

隣を歩く千草の足取りは、どこか覚束なかった。千鳥足というほどではないのだが、重心が左右にふらふらとぶれていた。

「ひょっとして、僕が寝ている間も飲んでいたのか？」と僕は訊いた。

「だって深町くんが起きないいんですもん」

「責めてるわけじゃない。感心してるんだ」

「そうだったんですか。眠くなったら、いつでもいってくださいね。お酒に弱い深町くん」

千草は得意げにいった。

「さあ、いよいよ夜ですね。悪人の本領発揮の時間です。どんな悪いことをしましょう？」

「あんまり期待しないでくれ。僕は小悪党なんだ」

行き先を考えずに歩いていると、自然と足は知っている方角へ向かうものらしい。心なしか、同じ方角に向かっている人がやけに多かった。人々に追い越されるたび、制汗剤や虫除けスプレーの匂いがふわりと漂ってきた。

「祭りでもあるんでしょうか？」と千草がいった。

「駅前商店街の夏まつりかもしれないな。そういえば、毎年これくらいの時期にやっていた気がする」

「折角ですし、見にいってみませんか？」

「そうだな。今のところ、他にすることも思いつかない」

僕らは人の流れに乗って会場へ向かった。普段はひと気《け》がなく夜になると薄気味悪いだけの商店街だが、この日は何十何百という赤提灯で華々しく彩られていた。道の両脇には屋台が並び、辺りは町の若い人間で溢れていた。

「美渚町の祭りって、美渚夏まつりだけじゃなかったんですね」千草が物珍しそうに屋台を眺めながらいった。

「ああ。すごい人の数だな」僕は背伸びして商店街の奥を見渡した。「しかし、美渚夏まつりには、この何倍もの人が訪れるんだろうな」

千草は溜め息をついた。「今から緊張してきました」

悪事のことはひとまず忘れて、僕たちは屋台を片端から巡った。焼きそば、お好み焼き、カルメ焼き、飴細工《あめざいく》、綿飴、かき氷、千本引き、水ヨーヨー、お面屋、スーパーボール掬《すく》い。千草は金魚掬いの屋台で立ち止まり、白い水槽《すいそう》の中を泳ぎ回る金魚を見て目を輝かせた。

小さな子供が水槽の前にしゃがみ込み、真剣な目つきで金魚を睨んでいた。彼がポイを水中に差し込むとそこから波紋が生じ、水槽の中の小赤たちは四方八方に散っていった。鮮やかな赤が放射状に逃げていく姿は、僕に打ち上げ花火を連想させた。

「深町くん深町くん、一匹変なのがいます」

千草の隣に立って水槽を覗き込むと、彼女のいう通り、小赤の中に一匹丸々と太った琉金《リュウキン》が混じっていた。

「本当だ。珍しいな」

僕は驚きを共有しようとして千草に視線を送った。しかし彼女は水槽を泳ぐ金魚たちに夢中で、それに気づかなかった。

僕はそのまま千草の横顔を眺めた。白熱電球の柔らかい明かりに照らされた彼女の笑顔を見つめているうちに、出し抜けに、自分は今とんでもなく分不相応な幸運に浴しているのではないかという考えが頭に浮かんできた。そしてその考えは事実以外の何物でもなかった。途端に、今さらのように体の芯が熱くなり、過ぎゆく一秒一秒がかけがえのない愛《いと》おしいものに思えてきた。

けれども同時に、僕はこう考えずにはいられなかった。この一秒一秒を共にする相手が初鹿野だったら、どんなによかっただろう？　彼女が隣で笑っていてくれたら、たったそれだけで、一体僕はどれほど満たされた気持ちになれたことだろう？

目の前の女の子を差し置いてこの場にいない子のことを考えていることに後ろめたさを感じ、僕は千草から視線を外した。代わりに、金魚掬いをしている子供に視線を移した。

子供は和紙でできたポイを巧みに操《あやつ》っていた。一匹の金魚を捕まえようとして、しかし直前でポイの角度を変えて別の金魚に狙いを移した。避けられた金魚は、粉を被ったような白い斑点《はんてん》がある個体だった。病気なのかもしれない。

彼が白い斑点のある個体を避けたのは、病気で早死にする可能性が高いと思ったからではなく、ただなんとなく気味が悪かったからだろう。明確な差別意識を持ってそうしたわけではない。

痣のあった頃の僕を避けていた人々にしても、それは同じだ。僕に遺伝子上の問題があるとか性質の悪い病気に罹《かか》っているとか考えて避けていたのではなく、ただなんとなく気味が悪くて近寄りがたかったというだけだ。

なぜ人は、本質的には大した差ではないと頭でわかっていながら、こうも些細な見た目の違いに惑わされてしまうのだろう？　薄皮一枚剝がせば、中身は皆似たようなものなのに。

だが本質を無視して視覚的要素のみで美醜を判断する人間の愚かさが改善された日には、今僕が感じている、何百匹という金魚が白い水槽を泳ぎ回る光景の美しさも、また千草の横顔を眺めていると胸の奥から湧き上がってくる瑞々《みずみず》しい感覚も、すべて失われてしまうだろう。だから僕はその短絡さを一概に否定することができない。本質のみが判断の基準となったら、きっと世界はおそろしく味気ない場所になるに違いない。

千草が腰を上げた。「すみません、ちょっと見入ってしまいました。次にいきましょう」

「荻上はやらないのか？　金魚掬い」

「ええ、生き物を飼うのは苦手なんです」

屋台を一通り見終え、二人で山盛りのかき氷を買い、座って食べられる場所を探していたときのことだった。ほんの一瞬視界に入った何かが、僕の無意識に引っかかった。

それはどことなく不吉な予感を孕んだ引っかかりだった。僕は咄嗟に千草の手を掴んで引き止め、その場で周辺に視線を走らせた。僕の予感は正しく、数メートル先に、見慣れた顔がいくつか見えた。

乾、三岳、春江。昨晩、乃木山と共に僕を襲おうとした三人だった。歩道の縁石に並んで腰かけ、こちらに背を向けた状態で何かを話し合っていた。乃木山がいないのは僕が負わせた怪我が原因だろうか。

やり取りの様子を見る限り、三人は仕返しのために僕を捜しているというよりは、純粋に祭りを楽しむためにここにきているようだった。僕はひとまず胸を撫で下ろした。とはいえ、今彼らが僕の姿を見つけたら面倒なことになるかもしれない。

「あの、どうかしました？」掴まれた手と僕の顔を交互に見つめ、千草がいささか緊張した表情でいった。

「昨日の連中だ」僕は彼女の手を放し、声を落としていった。「僕を捜しているというわけじゃなさそうだが、鉢合わせしたら厄介そうだ。今のうちに引き返そう」

千草は背伸びをして僕の視線の先を追った。「なるほど、あそこに座っている三人ですね？」

「そうだ。まだこっちには気づいていない」

「深町くん」千草は僕の手元を見やった。「そのかき氷、いただいても構いませんか？」

「かき氷？　今はそれどころじゃ……」

返事を最後まで聞かず、千草は僕の手からかき氷の入ったカップを取り上げ、まっすぐ三人に向かって早足に歩いていった。僕が制止する間もなく、次の瞬間には、千草は三人の背中に向かってかき氷を振《ふ》り撒《ま》いていた。固体と液体の入り交じったエメラルドグリーンが、放物線を描いて三人に降り注いだ。悲鳴とも怒声ともつかない声を上げて振り向いた三人に千草は怯《ひる》む様子もなく、今度は反対側の手に持っていたレモンシロップ入りのかき氷を正面から浴びせかけた。そして踵《きびす》を返して駆けてきて、呆気《あっけ》に取られている僕の手を摑んだ。

「さあ、逃げましょう」

確かに、他に選択肢はなさそうだった。

*

二十分近く走り回っていたと思う。いつの間にか、僕たちは最初の商店街まで戻ってきていた。祭りは既に終わってしまったようで、提灯の明かりは残らず消え、大半の屋台が片づけに入っており、人影はまばらだった。

最後にもう一度だけ振り返り、追いかけてくる姿がないのを確認してから、僕たちは花壇の土留めに腰を下ろして呼吸を整えた。心臓は釣り上げたばかりの魚のように暴れ回り、体中から汗が噴き出していた。汗を吸った制服のごわごわとした感触が不快だった。

なんて無茶《むちゃ》をするんだ、と千草を責める気にはなれなかった。僕は彼女の行為に感謝さえしていた。背中から氷を浴びせられて慌てふためく三人の様は痛快だったし、追いかけてくる何かから全力で逃げるときの興奮も久々に味わえた。

「次に妙なことをするときは、あらかじめ僕に教えてくれよ」

「すみません」息も絶え絶えに千草がいった。

「でも、さっきのはよかった。胸がすいたよ。実に悪人らしかった」

「そうですか。よかった」

顔を伏せたまま、千草は目を細めた。

ひどく喉が渇いていた。僕は膝に手をついて立ち上がった。

「飲み物を買ってくる。荻上はそこで休んでてくれ」

千草は顔を上げて無言で頷いた。僕は数十メートル先で煌々《こうこう》と光を放つ自販機まで駆けていき、真《ま》っ青《さお》なラベルのスポーツドリンクを二本買って戻った。千草が財布を出そうとしたので「いらないよ」と断ったが、彼女は「でも、かき氷を台なしにしちゃいましたから」と食い下がった。

差し出された五百円玉を受け取り、僕はいった。「じゃあ、今からこのお金で悪事に使えそうな何かを買おう」

「賛成《さんせい》です」

スポーツドリンクを飲み干し空き缶を捨てると、僕たちは閉店直前のスーパーマーケットに入り、花火を買って出てきた。そして花火をするにあたり、できるだけ相応しくない場所を探してしばらく歩き回った。

「いっそのこと、昼に抜け出してきた高校に舞い戻って、グラウンドかどこかで花火をするというのはどうでしょう?」と千草が提案した。「いかにも不良らしいとは思いませんか？」

「悪くないな」僕は彼女に同意した。

美渚第一高校への侵入は容易だった。校門を乗り越えて堂々と中を進んでいったが、セキュリティシステムの類《たぐい》は特にないようだった。さすがに校舎には鍵がかかっているだろうが、敷地内をうろつく分には誰にも見咎められなさそうだ。

学校は教員や生徒で溢れ返っているものという先入観のせいか、夜の美渚一校は、音という音が校舎の壁に吸い込まれてしまったかのような過剰な静寂に包まれていた。非常口の在《あ》り処《か》を知らせる緑色のランプが、窓の向こうで怪しげな光を放っていた。

体育館裏の砂利《じゃり》を歩いているとき、僕の頭にふと、終業式の朝に永洞と交わした会話が蘇った。

「――水泳部の連中も、ときどき夜中に無断で練習してるらしいんだ」永洞は目を見開いていった。「フェンスはあの通りの低さだから、侵入は難しくない。見回りがくることもまずなくて、よほど運が悪くない限りは捕まらないそうだ。なあ深町、夏休みの間に一度、俺と一緒に忍び込んでみないか？　真っ暗な夜のプールで好きなだけ泳ぐなんて経験、他じゃまずできないぜ」

「確かに、面白そうだ」僕は頷いた。「ただ、夜のプールはおそろしく水温が低いことがあるから気をつけた方がいい。後先考えずに飛び込むと、かなり惨《みじ》めな思いをする羽目になる」
永洞は一瞬考え込んだ。「まるで経験者みたいな口振りだな？」
「聞きかじりだよ。中学のときに同じことをした友人がいたんだ」
もちろんそれは嘘だった。中学時代に一度、僕は不良仲間に誘われて夜中のプール
に忍び込んだことがあった。その日は一日中空が厚い雲に覆われていて、プールの水
はこれ以上ないというほど冷えていた。そこに服を着たまま飛び込んだのが運の尽き
で、十分後には唇を紫《むらさきいろ》色に染めて全身から水を滴らせながら家路を急いでいる僕たち
がいた。
「水温のことは、考えてなかったな」永洞は感心した様子でいった。「特別に暑い日
の夜を選ぶ必要がありそうだ。そうなると、八月の頭くらいがちょうどいいか……」
そこで笠井がドアを開けて教室に入ってきて、会話は中断された。プールに忍び込
む話は、結局それ一度きりだった。以後、僕は永洞からそんな話をされていたことな
どすっかり忘れてしまっていた。
泳ぎたい、と思ったわけではない。確かに、奇《く》しくもこの日は今年初の猛暑日で、
夜間遊泳にはうってつけの夜だった。水泳部の練習のために、水の状態は清潔に保た

れているはずだ。とはいえ、今僕の隣にいるのは永洞ではなく千草だった。彼女まで夜中のプールで泳ぐなどという酔狂な行為につきあわせるわけにはいかない。

それでも、軽くプールサイドを歩くだけでも十分楽しめるだろうと思い、僕は永洞から聞いた話を千草に伝えた。すると彼女はこの馬鹿げた提案に並々ならぬ興味を示した。「ぜひいきましょう、今すぐいきましょう」と彼女は僕を急かした。

二メートルもないフェンスを乗り越え、僕たちはプールサイドに降り立った。当然のことだがそこは真っ暗で、プールは深い紺色に染まり底が見通せなかった。夜風で水面に小さな波が立ち、縁《ふち》で砕けてぴちゃんぴちゃんと音を立てている。ときおり、学校のプール特有のカルキの匂いが鼻の奥につんときた。

靴を脱いで裸足になると、温かくも冷たくもない、生温いざらざらとしたプールサイドの感覚があった。ズボンを捲《まく》り、月明かりできらめく水面に爪先《つまさき》を入れると、ほどよく冷たくて気持ちがよかった。「いいですね、それ」といって千草もローファーとソックスを脱いで素足になり、右足の親指で水面に楕円形《だえんけい》を描いた。

思い切ってプールの縁に腰かけ、膝下を水中に浸けた。走り回ったせいで熱を持った足が万遍なく冷やされて、生き返るような心地がした。全身から力が抜け、僕は穴が開いて萎《しぼ》んでいく浮き輪のようにゆったりとプールサイドに倒れ込んだ。

そうして水音に耳を澄ましながら、しばらく夜空を眺めていた。唯一点灯している駐車場の照明も離れのプールまでは届かず、廃墟の屋上まではいかないにしても、星を見るには悪くない環境だった。

星について一度考え出すと、ある人物のことを思い出さずにはいられず胸が曇ったが、僕は脳裏に浮かぶ彼女の姿を無理矢理振り払った。過ぎたことを悔やんでも仕方がない。

プールサイドの端の方で、するりと物音がした。それが千草が制服を床に脱ぎ捨てた音だということに僕が思い至るよりも先に、大きな水音が響いた。跳ねた水滴が頬にかかり、僕は慌てて体を起こした。

初めは、千草があやまってプールに落下したのだと思った。しかしプールサイドに脱ぎ捨てられたブラウスとスカートを見て、彼女が故意に飛び込んだのだと理解した。そして目の前にそれらの服が落ちているということは、今水面から顔を出した千草は下着しか身につけていないということになる。いや――下手をすれば、それすらも。

驚きのあまり、僕は言葉を失ってしまった。一体、あの子は何を考えているんだ？

「驚かさないでくれ」僕はやっとのことでそういった。「足を滑らせて落ちたのかと思った」

「すみません。でも、ひんやりしてて気持ちいいですよ」

千草が前髪を掻き分けながらいった。色の白い肩が水面から覗いていて、僕は目のやり場に困った。

一緒に泳ぐ勇気も出ず、プールの縁に腰かけたまま途方に暮れていると、千草が水際まで歩いてきた。そして僕に向かって両手を伸ばした。

「引き上げてください」

僕は小さく息を呑み、なるべく視線を合わせないように留意しつつその両手を掴んだ。だがいざ引き上げようとした瞬間、彼女はその手を思い切り引っ張った。踏ん張って耐えようにも両足は地面についておらず、僕は体勢を崩してプールに落下した。

夜の水中は真っ暗で、何がどこにあるのかさっぱりわからなかった。じたばたしているうちに、やっと水底に足が着いた。僕は水面に顔を出して顔を両手で拭い、千草の姿を捜して辺りを見回した。背後で笑い声が聞こえた。「なあ、そういうことをするときはあらかじめ……」といいながら振り向くと、目と鼻の先に千草の顔があった。

至近距離で、目が合った。

そのとき千草が浮かべていた表情は、喜んでいるでもふざけているでもない、初めて見る種類のものだった。強《し》いて近いものを挙げるとすれば、それは驚きの表情だった。納屋の片づけをしていたら、子供の頃に失《な》くしたと思っていた大切な写真が出てきたかのような。

長くて短い沈黙があった。あるいは短くて長い沈黙があった。

僕はゆっくりと視線を逸らし、プールの縁に両手をかけた。

「用具室を見てくるよ。何か面白いものがあるかもしれない」

「そうですね。ビーチボールなんかがあるといいんですけど」

千草の返答も、ごく自然なものだった。

用具室の鍵が壊れていることは、七月の授業中に確かめていた。ビート板やヘルパー、コースロープ、デッキブラシといった用具の中に、一つだけ青いビーチボールが混じっていた。僕はそれを洗い場まで持っていってチューブを水で流し、息を吹き込んで膨らませた。膨らみ切ったビーチボールに栓をすると、僕は気を静めるために数回深呼吸をしてから用具室を出た。

散々迷ったが、千草が下着姿で僕が服を着ているというのはどこか不公平な気がしたので、僕も下着一枚になってプールに飛び込んだ。水飛沫《みずしぶき》が跳ね上がり、プールサイドにぱらぱらと落ちた。ビーチボールを空高く打ち上げると、千草は嬉しそうにそれを追いかけた。

千草の白い背中を見ているとまた頭がくらくらとしたが、息を切らしてボールを打ち合ったり泳いだりしているうちに、段々とそれも気にならなくなっていった。真夜中のプールを裸で泳ぐ千草は、情欲の対象とするにはいささか綺麗すぎた。美しさというのは、あるラインを越えてしまうと不純な気持ちから切り離されてしまうものなのだ。

プールで遊んでいる間、千草は何度か僕のことを「陽介くん」と名前で呼んだ。不思議と、その呼び方に違和感はなかった。そのとき僕らが感じていた一体感からすれば、むしろ名字で呼び合う方が不自然なくらいだった。

試しに、僕も彼女を千草と呼んでみた。それは何度となく口にした言葉のように、僕の声にしっくりと馴染んだ。

もう一度、と千草はいった。

「もう一度、呼んでください」

僕は彼女のいう通りにした。

最後に、僕たちは駐輪場の隅で線香花火をした。服や毛先からはまだ水が滴り落ちていて、乾いたアスファルトに黒い染みを作っていた。濡れたシャツや下着が体温を奪い、少しだけ肌寒かった。点火用のろうそくがないので、僕はライターで二本の長《なが》手牡丹《てぼたん》の先端を炙《あぶ》った。両方に火がついたところで、一方を千草に手渡した。

先端の火が玉の部分に燃え移り、菌糸のように繊細な火花が闇の中に次々と咲いては散っていった。牡丹、松葉、柳、散菊の段階を順に経て、役目を果たした玉はぽたりとこぼれ、僕たちの体から垂れた水に触れてじゅっと小さな音を立てた。

僕らは黙々と花火を続けた。プール上がりの疲労感で二人とも口数が減っていたが、それは気まずい種類の沈黙ではなかった。

最後の二本の花火が火花を放ち始めたとき、千草は「深町くん」と僕に呼びかけた。いつの間にか、呼び名は名字に戻っていた。

「今、初鹿野さんのことを考えていたでしょう?」

僕はそれを否定せず、代わりに訊き返した。「なぜそう思う?」

千草はくすりと笑った。「なぜでしょうね?　でも、私の悪い予感はよく当たるんです」

僕は観念して正直に答えた。「荻上の勘は正しいよ」

「ほら、当たるでしょう?」千草はおどけた調子でいった。「さらにいえば、今といわず、今日私と過ごしている間に何度となく、深町くんは初鹿野さんのことを思い浮

でしょう？」

「『もし目の前にいるのが、荻上千草でなく、初鹿野唯だったら』。そう考えていたん
かべていたはずです」

「ああ。それも間違いない」

千草の花火の玉が燃え尽きる前の中途で落下し、唐突な終わりを迎えた。

「今日は、私のわがままにつきあってくれてありがとうございました」僕の返事を待たず、彼女はいった。「深町くんと一緒に一日を過ごせて、とっても楽しかったです」

僕の花火は依然、火花を放ち続けていた。

「でもね、深町くん。本当に気になることがあるなら、本当に気になる人がいるなら、私に構ってなどいないで、まずはそちらの問題に決着をつけてください。初鹿野さんにまだ未練があるんでしょう？　だからこそあんな風に、ときどき目の前の女の子をよそに、じっと考え込むんでしょう？」

彼女は役目を終えた花火を拾い集めて袋に入れて口を縛《しば》り、おもむろに腰を上げた。

僕らは校門まで無言で歩いた。いうべき言葉は見当たらなかった。千草の語ったことはすべて正確な事実であり、僕が何をいったところで言い訳にしか聞こえなさそうだった。

「……あなたはまだ、彼女のためにできることのすべてをやり尽くしたわけではないんでしょう？」と千草が不意にいった。「ならばまず、それを最後までやり切るべきです」

校門を抜けたところで、千草は立ち止まった。ここまでで結構です、とでもいうように彼女は僕にぺこりと頭を下げた。

「今日は本当に楽しかったです。素敵な一日をありがとうございました」

「僕も楽しかったよ。いい一日になった」それだけいうのがやっとだった。「ありがとう」

千草はそれを聞いて心底嬉しそうに微笑んだ。「ねえ、深町くん。妙なことをするときは、あらかじめ深町くんに教える。そういう約束でしたよね？」

「ああ」発言の意図はわからなかったが、僕はひとまず頷いた。

「今から、ちょっと妙なことをします」

訊き返す間もなく、千草は倒れ込むようにして僕との距離を詰め、小さく背伸びをして、僕の首元にそっと唇を押し当てた。

頭に血が上り、たちまち顔が熱くなるのが自分でもわかった。

「私に協力できることがあったら、なんでもいってください」千草は僕の耳元で囁いた。「たとえ敵に塩を送ることになるとしても、深町くんの役に立てるならそれでいいんです。そうして、すべてをやり切った後で、もしまだほんの少しでも私に興味が残っていたら——そのときは、いつでも声をかけてください。私は気長に待っています」

それだけいうと、千草は逃げるように去っていった。僕は案山子《かかし》みたいに立ち尽くして彼女を見送り、その背中が見えなくなった後も、いつまでも動き出せずにいた。

ここにきてようやく、僕は千草がいつかいっていた〝残酷なこと〟の意味を理解した。あれは冗談などではなかった。僕は彼女に対して、無自覚なままにひどいことをしていたのだ。

予想しない角度から現れた新事実に、僕はただただ狼狽していた。彼女が僕に少なからず好感を抱いてくれているのには勘づいていたが、それがここまではっきりとした形を持った、異性としての好意だとまでは思っていなかった。

煙草五本分ほどの時間、僕は千草の発言を頭の中で繰り返していた。しかし少なくとも現時点では、彼女の想いに対して、そう簡単に答えを出すことはできそうになかった。

ただ、一点、彼女のいうことには非常にもっともな点があると思った。僕はまだ、できることとすべてをやり尽くしたわけではない。まだ心のどこかに、小さな可能性を残している。

無意識のうちに、僕はそれについて考え続けている。だがそれを意識に上らせるのを躊躇している。それを実行するにあたり自身が負わなければならないリスクを恐れ、故意に選択肢から除外している。

僕は今一度、その可能性と向き合わねばならない。意識の隅に隠れているそいつを掘り出して、光を当てて、真っ向から対峙しなければならない。

千草がいっていたのは、そういうことなのだ。

その夜、僕は美渚一高のそばにある神社公園に赴《おもむ》いた。長い石段を一段一段踏みしめて上り、いつか初鹿野が座っていたブランコに腰を下ろした。錆びた鎖のつけ根がぎしぎしと音を立てた。初鹿野がブランコの支柱に結んだ縄は、何者かの手によって取り外されていた。あるいは本人が回収したのかもしれない。

そこで、一晩中考えた。

僕に、何ができるのか。

初鹿野は、何を求めているのか。

空が薄紫色に染まり始めた頃、僕は一つの結論を得た。

閉め切った部屋の中にも蝉の声は届いていた。聞き慣れた音に混じって、昨日まで耳にすることのなかったツクツクボウシの鳴き声が聞こえた。

僕は自室の床にあぐらをかいてぼんやりと窓の外の飛行機雲を眺めていた。一直線に引かれた白い二列の直線を境にして、窓枠で切り取られた長方形の青空はちょうど二分割されていた。

やがて昼の蝉の鳴き声が途絶《とだ》え、ひぐらしの合唱が始まった頃、僕はようやく重い腰を上げた。机の上には古い型のずっしりとしたスチームアイロンがあった。僕は給電用スタンドから伸びるプラグをコンセントに繋ぎ、ダイヤルを目一杯回して、アイロンが温まるのを待った。

十分に時間をおいたところで、僕はアイロンの取っ手を摑み、かけ面の側を手前に向けた。ずらりと並ぶスチームの噴出口《ふんしゅつこう》は、果物《くだもの》の種を連想させた。考えてみれば、アイロンを下から仔細に観察する機会などこれまで一度もなかった。スイカの切り身のような不思議な形をしたそれをじっと見つめていると、額の汗が前髪を伝って落ち、

＊

小気味のよい音を立てて蒸発して小さく煙が立った。

部屋は淡い西日の色に染められていた。


かつて僕は、顔の片側を覆う痣からくる劣等感のせいで、自分には初鹿野を好きになる資格がないのだと思っていた。それは裏返せば、痣さえなくなれば初鹿野に好かれる資格が得られるということでもある。

だが、それは僕の一方的な思い込みだったのかもしれない。四年前は実際にその通りだった可能性もあるが、少なくとも現時点においては、痣の消失が初鹿野との関係の進展に寄与するということは一度もなかった。いや、それどころではない。痣の消失は、僕と初鹿野の関係の進展を妨げる要因になっていた。

笠井の発言の真偽を確かめるために初鹿野の家を訪問したあの日、カーテンを閉め切った部屋の中で、彼女は僕の頬に触れて、何度も何度もそこを擦った。まるでそこにあるはずの痣を追い求めるみたいに。ひょっとすると、初鹿野が今もっとも必要としているのは、優しく慰めてくれる人間ではなく、同じ傷を持った仲間なのかもしれない――あの日の光景を振り返って、僕はふとそう思った。

そしてそのように考えてみると、電話の女が作り出したこの状況についても色々と辻褄《つじつま》が合うのだ。彼女はこの賭けをできる限り公正なものにしたといっていた。それにしてはこちらの勝ち目が薄過ぎる、と僕は思っていた。だがひょっとすると、彼女のいう通り、賭けは本当に公正に行われていたのかもしれない。すなわち、僕の側にもきちんと勝ちの道筋が用意されていた可能性がある。

痣が消失することで、僕と初鹿野の間にある障害物が取り払われる。最初は、そう思っていた。しかし、事実はその正反対だったのではないだろうか？　痣が消失することで、僕と初鹿野の間にあった赤い糸は失われてしまったのではないか？　この賭けの本質は、僕が「本来成就しないはずの恋を、障害を取り除くことで成就させられるか」ではなく、あの女が「本来挫折しないはずの恋を、障害をつけ加えることで挫折させられるか」という点にあったとしたら？

賭けのため一時的に与えられた痣のない顔、それを自ら放棄することによってのみ、僕と初鹿野の関係は進展する——そういう状況を、あの電話の女は故意に作り出した。一度手に入れた理想の体を愛する女の子のために手放せるかどうか、僕は試されている。そう考えてみてはどうだろうか？

この考えが正しかったとしたら、僕は今一度、失われた醜さを取り戻す必要があるということになる。僕にとって初鹿野以上に優先すべきものは存在しないのだということを、電話の女に対して証明してみせなければならない。

しかし痣を取り戻すといっても、単なる打撲《だぼく》によってできた痣ではあっという間に治ってしまう。僕がほっしているのは、半永久的に残る醜さの刻印だ。そこで考えたのが、アイロンを用いるやり方だった。

かつて痣のあった場所に、今度は大きな火傷《やけど》を拵《こしら》えること。

もしこのときの僕にもう少しまともな判断力が残っていれば、アイロンで顔を焼いて初鹿野の気を引くなどという発想がいかに馬鹿げているか、客観的な立場から考えることもできただろう。だが賭けの残り期間の短さや昨日千草によってもたらされた混乱も相俟《あいま》って、僕の視野は相当に狭《せば》まっていた。錯乱していたといってもいい。強い痛みを伴う挑戦には必ずリターンがあるという甘えた考えに取り憑かれてしまっていたのだ。

アイロンを握る手は汗で滑《ぬめ》り、小刻みに震えていた。おそらく、痛みのピークは一瞬で過ぎ去るだろう。問題は、その後だ。あまり即座に冷やすなどして適切に処置すると、せっかくの火傷がすぐに完治してしまうことになる。それをかつての痣のように僕の一部として残したければ、最大温度でしっかりと顔を焼いた後で、最低でも一時間は火傷を冷やさず放置する必要があるだろう。その一時間を想像すると足が竦んだ。

それでも、既に腹は決まっていた。少しずつではあるが、僕は自分の顔を焼くヴィジョンに自分を上手く馴染ませていった。それがある段階を過ぎたとき、不意に、すべてを当然のものとして受け入れることができた。合理的に発狂した、ともいえるかもしれない。僕は右目をつむり、必要な温度にまで熱された鉄板をそこに押し当てようとして、

電話が鳴った。

その呼び出し音があと十分の一秒でも遅れていたら、アイロンは僕の顔を申し分なく焼いていたと思う。睫毛《まつげ》が焼けるくらいのぎりぎりの距離で、僕はその手を止めた。呼び出し音は一階の廊下にある固定電話から発されていた。断定はできないが、そのタイミングと音の響き方からいって、おそらく賭けを持ちかけてきたあの女からの電話だった。

僕はアイロンをスタンドに戻し、階段を駆け下りて受話器を取った。

「もしもし？」

返事はなかった。

いつもであれば向こうから一方的に用件を伝えてくるはずなのに、今回に限って、

電話口からは何も聞こえてこなかった。しかし声が聞こえないからといってそこに誰もいないというわけではなく、受話器の向こうには確かに生きた人間の息遣いが感じられた。その人物は、じっと黙り込んで僕の呼吸に耳を澄ましているようだった。

沈黙が続いた。僕が痺れを切らして口を開きかけたとき、ＣＤのラストトラックの十分後に何の前触れもなく流れ出すヒドゥントラックを思わせる唐突さで、受話器の向こうの人物が声を発した。

「あなた、誰？」

いつもの女の声ではなかった。しかし初めて聞く声ではない。

一瞬の間の後、僕の頭は疑問符で一杯になった。

「初鹿野？」と僕は訊いた。「まさか初鹿野なのか？」

相手が息を呑むのがわかった。その反応で、僕は電話の主が初鹿野であることを確信した。

「どうやって」初鹿野と思われる人物はいった。「どうやってここにかけたの？」

僕はその言葉を頭の中で繰り返した。どうやってここにかけた？　奇妙な言い方だった。それではまるで僕が彼女に電話をかけたみたいではないか。

「答えて」と初鹿野がいった。「どうして私がここにいると知ってるの？　今、近くにいるの？」

僕たちの認識には、何か致命的な食い違いがあるようだった。僕は頭を整理しながら、はっきりさせておくべき事項の優先順位を定めた。

「いいか、初鹿野、落ち着いて聞いてくれ」と僕はなだめるようにいった。「さっき、君は『どうやってここにかけた』と僕に訊いたよな？　もしかして、君は電話をかけたんじゃなく、電話に出ただけなのか？」

考え込むような沈黙があった。僕はそれを肯定の証《あかし》と仮定して話を進めた。

「僕もそうだ。自宅にいて、電話機のベルが鳴ったから出た。そうしたら初鹿野の声がしたんだ。ところで君は今、どこにいる？　家じゃないのか？」

「……茶ヶ《ちゃか》川駅《がわえき》」

「茶ヶ川？」

「数年前に廃止された路線にあった無人駅の一つ。ようするに、陽介くんが知らない場所」渋々といった風に初鹿野は説明した。「そこをうろついてたら、突然公衆電話が鳴り出した。受話器を取ったら、君の声がした。……一体、どうなってるの？」

もちろん、原因はわかっていた。僕に賭けを持ちかけた、例の女の仕業《しわざ》だ。その方法も目的も不明だが、とにかくこんな理不尽がまかり通るのは、彼女が何らかの形で手を回したからとしか考えられない。

どうしてこのタイミングで彼女がこのような計らいをしたのかはわからない。あるいは、僕が初鹿野のために自ら醜さを取り戻そうとしたことを、電話の女は快く思ったのかもしれない。それで僕に小さなチャンスを与えてやることにしたのだ。

だがそれらの憶測を説明したところで、初鹿野の混乱をよけいに深めるだけに違いない。どうやって彼女の警戒を解いたものかと思案していると、初鹿野が「君にも、わからないんだね」といって電話を切るような気配を見せた。

「待ってくれ。お願いだから切らないでくれ」と僕は懇願した。「ほんの少しだけでいいから、僕の話を聞いてほしい。もうすぐ転校するんだろう？　初鹿野がいなくなる前に、伝えておきたいことがある。二分で済む。返事もいらない。とにかく話を聞いてくれればそれでいいんだ」

答えはなかった。しかし、電話が切られる様子もなかった。僕は安堵してその場に腰を下ろし、廊下の壁に寄りかかった。突き当たりの洗面所の小窓からさし込む西日が、反対側の壁に僕のシルエットを映し出していた。

「君も知っての通り、僕の顔にあった痣は、跡形もなく消えた」と僕は切り出した。

「本来、治るはずのない痣だった。何人もの医者にかかったけれど、全員が匙《さじ》を投げた。皆口を揃えて、『折り合いをつけて生きていくしかない』という意味のことをいった。そういう種類の痣だったんだ。……でも、ほんの一ヶ月ほど前、突然転機が訪れた」

僕はそこで言葉を切って、受話器に耳を澄ました。まだかすかな雑音が聞こえる。電話は切られてはいない。

「その内容を説明するのは、ひどく骨が折れる。そして多分、どんな風に説明しても、僕の経験したあれこれを誤解なく正確に伝えるのは不可能だと思う。とにかく僕はある人物と出会って、治らないはずの痣を治してもらった——ただし、莫大《ばくだい》な代償《だいしょう》を支払うことと引き換えに。もう少ししたら僕は、この上なく大切なものをその人物に引き渡さなきゃいけない。もちろんそれは僕が自分の意思でとった行動で、責任はすべて僕自身にあるんだけど」

無意識のうちに、僕はかつて痣のあった辺りを右手で撫でていた。

「でも——妙な話だけれど、実をいうとここ最近、僕は自分の痣をそれほど悪いものだとは思わなくなっていた。十六年も連れ添った痣だ、いい加減その存在を受け入れて、愛着さえ湧いてきたところだった。それなのに、なぜ僕は大きな代償を支払ってまで痣を取り除こうとしたと思う?」

小さく深呼吸した後、僕はいった。

「初鹿野に好かれたかったからだ」

その言葉を口にした瞬間、周りの空気がにわかに潤《うるお》いを増し、小さな果実が弾けた匂いが広がったように感じられた。たちまち耳の後ろの辺りがじんわりと熱くなって、心臓の脈打つ速度が増した。目の前に初鹿野がいないにもかかわらず、僕は受話器を握っていない方の手で口元を覆い、顔の赤みを隠した。

「とにかく、これだけは伝えておきたかったんだ」と僕はつけ加えた。「君の反応を見る限り、痣がなくなりさえすれば好いてもらえるというのは、僕の一方的な思い込みだったみたいだけれど」

いいたいことを一通りいい終えてしまうと、僕は瞼を閉じて向こうの反応を窺った。電話は依然通話状態にあるものの、物音は一切聞こえてこなかった。ひょっとすると、初鹿野は無言で僕の声に耳を傾けてくれていたのではなく、受話器を戻さずその場を立ち去っただけなのかもしれない――そんな不安が頭をもたげ始めたとき、不意に、小さな咳払いが聞こえた。

「聞こえてる？」と彼女は訊いた。「まだ、そこにいる？」

僕は間を置かずに答えた。「通話が切れるまではここにいるつもりだよ。いつまでだろうと」

「そう」

考え込むような沈黙があった。

「わからない」初鹿野は困惑を含んだ声でいった。「きっと陽介くんは今の私を哀《あわ》れんでいて、それでやたらと構ってくるんだろうと思ってた。かつての自分と同じ問題に見舞われた私に、同情しているだけだろうと思ってた」

「そんなにできた人間じゃないよ、僕は」

「うん、そうだったね」

声の調子に変化はなかった。けれども、受話器の向こうで初鹿野がふっと微笑む光景が僕の頭に浮かんだ。

「……本当のことをいうと、私は、君のそういうところが今でも好き」初鹿野は観念したようにいった。「陽介くんのことを嫌いになったわけじゃない。じゃあどうして君のそばにいるのが嫌かというと、これはもう、ひとえに私の個人的な問題」

「個人的な問題？」

「陽介くんを見ていると、嫉妬《しっと》で気が狂いそうになる」初鹿野は自らを恥じるように浅い溜め息をついた。「といっても、痣が治ったのが羨ましくて嫉妬するわけじゃない。

私がいいたいのは、陽介くんは痣を上手く受け入れて生きていくことのできる強い人間だったけれど、私は痣を上手く受け入れられずに半年も保《も》たずにどん底まで落ちてしまうような弱い人間だったということ。その事実が、何より私を傷つける。陽介くんの前にいると、私は常に自分の弱さを自覚させられることになる。そういうのが嫌で、君と距離を取ろうとしたんだ」

そこで初鹿野は数秒間黙り込んだ。唇を結び、指先で自身の痣を擦っている彼女の姿が見えるような気がした。

「今となっては、この痣はさしたる問題じゃない。痣の一つで台なしになってしまうような、私の弱さが問題なの。今の陽介くんを見ていると、胸が張り裂けそうになる。自分のあまりの惨めさに」

僕は口を差し挟んだ。「まだ、初鹿野は僕のことを誤解しているんだと思う。僕が痣を上手く受け入れて生きていたように見えたんだとしたら、それは勘違いだ。実際は、いつだって劣等感に苛まれてた。鏡に映る自分の顔を見るたびに、生まれ変わってやり直せたらどんなにいいだろうと思っていた」

僕は受話器を左手に持ち替えて、右手でカールコードを弄った。

「自分一人の力で乗り切ったわけじゃない。あの頃の僕にとって、初鹿野の存在は大きな心の支えになっていた。初鹿野が僕を受け入れてくれたから、僕も自分の痣を受け入れる気になれた。それまでひどく汚らしいものに思えた痣も、初鹿野に触ってもらえた瞬間から、これは単なる変色した皮膚に過ぎないんだと思えるようになった。それくらい、僕にとって初鹿野唯という女の子の存在は絶大だったんだ」

「……とても、そういう風には見えなかった」と初鹿野が疑わしげにいった。

「そうだったとしても、無理はない。君の前では、できるだけ素っ気ない態度をとるようにしていたから」

「どうして？」

「自分が心の底では他人との交流を強く求めていることを、認めたくなかったんだ。そしてそれ以上に、僕が初鹿野に対して抱いている恋心を本人や周りの人間に悟られるのが怖かった。『お前みたいな人間が初鹿野唯に恋をする資格があると思っているのか』と嘲笑われる気がして。だから初鹿野と一緒に過ごしているときは、極力涼しい顔でいるようにしていた」

そう、僕にとって深町陽介は、特定の女の子に恋するような人間であってはならなかった。誰を好きになることもなく、誰に好かれることもなく、一人自分のペースで生きていくような人間でなくてはならなかった。

「でも一度《ひとたび》初鹿野と別れて家に帰ると、僕はその日二人の間で交わされた会話を何度も何度も頭の中で反芻して、記憶に焼きつけた。特別嬉しいことがあった日には、わざわざ日記に書き残して後日読み返した。馬鹿みたいに聞こえるだろうけど、当時の僕は、そうすることで劣等感に押し潰されそうな日々をどうにか生き延びていたんだ。中学に入って離ればなれになってからも、辛いとき心の支えになっていたのは初鹿野と過ごした日々の記憶だった。初鹿野と出会っていなかったら、僕の瘦せ我慢は、いつかどこかで必ず破綻していたと思う」

ややあって、初鹿野は呟いた。

「……そんなこと、考えてたんだね」

そのとき、受話器の向こうから小さなブザー音のようなものが聞こえた。

「何の音？」と僕は訊いた。

「電話機のブザー。硬貨が切れた音だと思う」と彼女は答えた。「この通話、もうすぐ終わるのかも」

「ああ、そういうことか」

名残惜しかったが、伝えたいことは一通り伝えられた。

「電話を切らないでいてくれてありがとう。話せて嬉しかったよ」と僕は礼をいった。

直後、電話が切れた。

通話を終えた後も、僕は電話機の前から長い間動かずにいた。

あの頃のように、いつまでも初鹿野との会話の余韻に浸《ひた》っていた。

『僕が電話をかけていた場所』につづく

三秋 縋 著作リスト

スターティング・オーヴァー（メディアワークス文庫）
三日間の幸福（同）
いたいのいたいの、とんでゆけ（同）
君が電話をかけていた場所（同）

本書は書き下ろしです。

◇◇メディアワークス文庫

君《きみ》が電話《でんわ》をかけていた場所《ばしょ》

三秋《みあき》 縋《すがる》

発行 2015年8月25日 初版発行
2016年11月10日 8版発行

発行者 塚田正晃
発行所 株式会社**KADOKAWA**
〒102 - 8177 東京都千代田区富士見2 - 13 - 3
プロデュース **アスキー・メディアワークス**
〒102 - 8584 東京都千代田区富士見1 - 8 - 19
電話03 - 5216 - 8399（編集）
電話03 - 3238 - 1854（営業）
装丁者 渡辺宏一（有限会社ニイナナニイゴオ）
印刷・製本 加藤製版印刷株式会社

Printed in Japan
ISBN978-4-04-865392-3 C0193

メディアワークス文庫 http://mwbunko.com/
株式会社KADOKAWA http://www.kadokawa.co.jp/

本書に対するご意見、ご感想をお寄せください。

あて先
〒102-8584 東京都千代田区富士見1-8-19 アスキー・メディアワークス
メディアワークス文庫編集部
「三秋 縋先生」係

メディアワークス文庫

発行●株式会社KADOKAWA　アスキー・メディアワークス

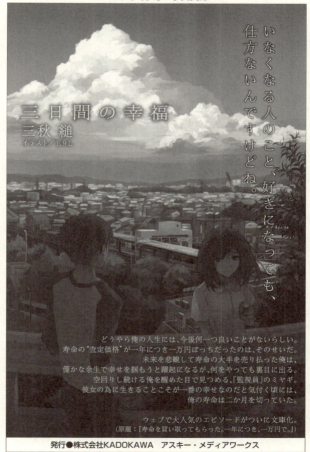

発行●株式会社KADOKAWA　アスキー・メディアワークス

君の色に耳をすまして
小川晴央
イラスト／よしづきくみち
『僕が七不思議になったわけ』著者最新作！
声の色が見える僕は、透明な君に恋をした。
"声の色"が見える僕は、見たくもない人の感情や嘘が見えてしまう。そんな僕が芸大のキャンパスで出会ったのは、声を失った透明な女の子だった。声の色を気にせず話せる彼女に惹かれ、生まれて初めて心の色を知りたいと思った。だけど、彼女の透明な色には秘密があって——。

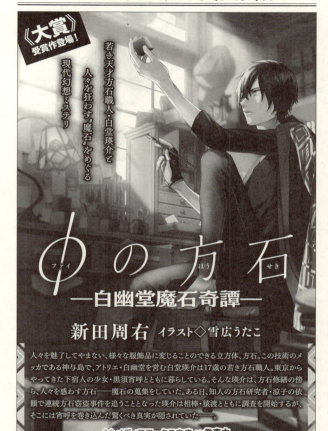